화월 고서점
요괴 수사록

화월 고서점 요괴 수사록

제리안 장편소설

이지북
EZbook

차례

프롤로그

동굴 밖으로 나오자 급경사의 비탈길이 기다리고 있었다. 감각을 곤두세우고 수풀을 투시해 보니 길 끝자락에 별장이 보였다.

'지유 양이 위험해!'

갑자기 백연의 심장이 요동치고, 관자놀이가 팔딱댔다. 지금 이 순간 눈앞에 보이는 것은 아무것도 없었다. 초음속으로 달려 주차장에 도달한 백연은 검은색 밴 안을 들여다봤다. 차 내부는 그림자처럼 어두웠다.

'이미 늦었단 말인가……'

가슴이 조여들며 숨이 가빠지던 때에 주아의 음성이 텔레파시를 통해 들려왔다.

'백연! 정원으로 빨리 와. 여기 난리 났어!'

대답할 새도 없이 향한 그곳은 그야말로 아비규환의 현장이었다. 폭주한 요괴가 닥치는 대로 공격하는 바람에 사람들은 경악하며 이리저리 뛰어다녔다.

그사이에 높이 뛰어오른 청류가 체중을 실어 놈의 머리에 철퇴를 내리쳤다. 주아도 지체 없이 세 발의 불화살을 활시위에 걸고 연발로 쏘아 댔다. 마지막으로 현담까지 가세해 올가미를 던지자 중심을 잃은 요괴가 비틀거리며 신음했다. 하지만 그것도 잠시였을 뿐, 요괴는 부지불식간에 몸에 박힌 화살을 전부 빼내고 밧줄까지 끊어 버렸다. 그리고 귀가 째지도록 고함을 지르며 득달같이 달려들었다.

백연 역시 그 정도는 얼마든지 예상했다는 듯, 검을 반 바퀴 돌려 놈의 모가지를 길게 그었다. 그러나 요괴의 몸에서 단단한 비늘이 솟아오르며, 물결 모양의 칼날을 튕겨 냈다. 날이 지나는 방향을 따라 푸른 불꽃이 튀어 올랐다. 백연은 날렵하게 발을 움직여 바람보다 빠르게 돌아섰다. 재차 요괴의 빈틈을 공략하려던 그때.

"그만해! 우리 사장님한테서 당장 떨어지란 말이야!"

느닷없이 들려온 지유 목소리에 백연의 머릿속이 일순 백지장처럼 새하얘졌다. 어서 피하라고 말하기도 전에 요괴가 새로운 목표물에 달려들었다. 지유가 본능적으로 두 팔로 얼굴을 가리는 바로 그 순간, 손가락에 끼워진 구슬 반지에서 엄청난 섬광이 한꺼번에 폭발하듯 터져 나왔다. 세상의 모든 것을 집어삼키고, 파멸시켜 버릴 것만 같은 빛이었다.

요괴가 너무 많다

번화가 뒷골목에서는 추격전이 한창이었다. 이들이 쫓는 요괴는 조그만 쥐의 형체였지만, 만만하게 볼 상대는 아니었다.

"감히 우리를 속여? 이 괘씸한 쥐새끼, 잡히기만 해 봐. 가루로 만들어 버리겠어!"

약이 바짝 오른 청류는 생각할수록 열이 뻗치는지, 목을 우두둑 꺾으며 씩씩거렸다.

"하여튼 넌 성질머리가 고약해서 탈이라니까. 괜히 건드리는 바람에 저렇게 됐잖아!"

주아는 난색을 보이며 고개를 설레설레 흔들었다. 처음에는 쥐만 했던 요괴가 청류가 휘두른 철퇴를 맞고 불도그만큼 커져 버렸으니 그럴 만했다. 생긴 것도 어찌나 흉측한지.

등과 턱 밑에 붉은 갈기가 달린 저 네발짐승은 날카로운 이빨이 듬성듬성 나 있고, 커다란 눈은 위로 쫙 찢어졌으며, 들창코에 몸통은 표범 무늬요, 꼬리는 원숭이를 닮은 한마디로 심하게 못생긴 요괴였다.

"조마구는 때릴수록 커져. 송아지만큼 커졌을 때 공격하면 자칫 사람을 해칠 수도 있으니까 다들 조심하자고."

백연은 바람을 가르며 달리는 와중에도 호흡 하나 흐트러지지 않았다.

"완전 악질이네, 그거? 한주먹거리도 안 되는 게! 근데 어떻게 잡지? 하도 작아서 눈에 띄어야 말이지. 답답한 노릇이구먼……."

청류는 이리저리 눈을 굴리며 주위를 살폈다. 어디로 내뺐는지 털끝 하나 보이지 않았다.

"나의 충성스러운 삼족구는 용맹하고 냄새도 잘 맡지."

백연의 말이 끝나기도 전에 소맷부리에서 삼족구가 쏜

살같이 뛰어나와 앞장섰다.

"좋겠다, 애완견 있어서!"

청류는 비아냥거리면서도 두 발은 부지런히 움직였다.

"시끄러워 죽겠어. 일할 땐 제발 일만 하면 안 될까? 집중이 안 되잖아, 집중이!"

"내 말이……."

웬일로 의견이 일치하다니. 주아와 현담은 서로를 어색하게 쳐다보다가 황급히 고개를 돌려 버렸다.

"저기 있군."

백연의 눈길이 향한 막다른 골목에는 쫓던 요괴가 침을 주르륵 흘리고 있었다.

"윽. 더러워서 못 봐 주겠네!"

청류는 오만상을 찡그렸다. 한층 징그러운 꼴로 변한 요괴를 보고 있으려니 구역질이 절로 치밀었다.

휘익, 백연은 휘파람을 불어 삼족구를 소환했다. 다행히 다친 데는 없었으나 삼족구의 공격을 받은 요괴가 두 배쯤 커졌다는 게 문제였다.

"현담! 일단 네가 잡아 둬!"

백연도 마음이 급했는지 평소답지 않게 언성을 높였

다. 지금으로서는 도망가지 못하도록 붙잡아 두는 게 급선무였다. 저 요괴가 행인들이 활보하는 대로변으로 뛰쳐나가는 것만은 막아야 했으니까. 어쩌다 이 사달이 났냐고? 그 이야기를 하려면 삼십 분 전으로 돌아가 볼 필요가 있다.

✳

도심의 밤거리에는 네온사인이 현란하게 물결쳤다. 그시각 백연 일행은 리뉴얼 오픈한 햄버거 가게에서 오랜만에 회식하는 중이었다.

"이야! 밖에서 먹는 게 얼마 만이냐? 자, 건배!"

건장한 체격에 다소 우락부락한 인상의 청류는 가득차 있던 콜라를 단 몇 초 만에 비워 냈다.

"건배하자며?"

맞은편에 앉은 홍일점 주아가 찌릿 노려보자, 아차 싶었던 청류는 뒤늦게 빈 잔을 부딪치고는 우적우적 햄버거를 먹기 시작했다. 그러다 뜬금없이 눈초리를 치켜세웠다.

"야, 백호! 넌 근데 아까부터 뭐 하냐? 햄버거도 안 먹고 핸드폰만 조물조물. 그러다 액정 닳겠다, 닳겠어.”

“밖에선 그렇게 부르지 말라고 했을 텐데. 메시지가 와서 확인한 것뿐이야.”

항상 흥분 상태인 청류와는 반대로, 백연은 침착하다 못해 어딘지 범접할 수 없는 서늘한 분위기를 풍기는 사내였다.

“입에 붙어서 그런 걸 어쩌라고!”

청류가 목청을 높이던 그때.

“무슨 일…… 있습니까?”

“깜짝이야! 얘, 언제부터 여기 있었어?”

현담이 입을 연 다음에야 바로 옆자리에 그가 있다는 사실을 알아챈 주아는, 손으로 가슴을 누르며 호흡을 가다듬었다.

“미쳤다. 존재감 뭐야.”

“관심 꺼…….”

날렵한 몸매에 어두운 기운으로 둘러싸인 현담은 성격도 그랬지만, 머리색부터 의상, 신발까지 올 블랙만을 고수했다.

“난 또 그림자인 줄 알았네. 옷은 그거밖에 없니?”

그에 반해 연예인 뺨치는 미모와 화려한 패션 감각까지 겸비한 주아는, 누구라도 한 번쯤 돌아보게 만드는 타입이었다. 주아가 불이라면 현담은 물이라 할 만큼 둘은 모든 면에서 상극이었다.

"시끄럽고. 백연! 뭔 일이냐고 현담이 묻잖아."

청류가 채근하자 백연은 심각한 어투로 답했다.

"일 그만두겠대."

주아가 눈을 동그랗게 뜨며 따지듯 물었다.

"그 여자애? 오늘부터 1일 아니었어?"

"사정이 있겠지."

핸드폰을 매만지는 백연의 눈빛이 촉촉하게 반짝였다. 자못 아쉬워하는 눈치였다.

'사장님, 저 열심히 할게요. 아니, 잘할게요!'

문득 지유의 낭랑한 목소리가 귓가에 맴돌았다. 어째서 마음이 바뀐 걸까, 단 하루 만에…….

"그 애, 고등학생이라고 했지? 부모님 동의는 얻었고?"

주아의 질문에 백연은 눈을 가늘게 떴다. 어떻게 대답해야 하나 망설이는 눈치였다.

"거기까진 생각 못 했는데……."

"뭐? 아무리 고서점 알바라지만 미성년자인데, 당연히 부모님 동의서부터 받아 놨어야지!"

주아가 손바닥으로 상을 탁 내리치며 역정을 내자, 흠칫 놀란 백연의 어깨가 움츠러들었다. 기분 탓인지는 몰라도 주변 공기가 유난히 차갑게 느껴졌다.

"역시 그런 거겠지?"

"말이라고 해? 오밤중부터 아침까지 알바하는데, 그러라고 하는 부모님이 세상천지에 어디 있겠어. 안 그래? 너 그러다 악덕 업주라고 소문날걸?"

"내가 악덕 업주라니……."

자괴감에 빠진 백연의 얼굴은 씁쓸하기만 했다.

"얼른 답장 보내 봐. 어렵게 구한 직원이잖아."

"그래. 내가 어떻게든 설득해 볼게."

"신뢰가 먼저지. 그 애 부모님도 안심이 돼야 허락을 하든지 말든지 할 거 아니야."

"역시 넌 참 현명해. 난 왜 그 생각을 못 했을까……."

"그럴 수도 있지. 미성년자 고용하는 건 처음이잖아."

주아와 백연이 진지한 대화를 나누는 사이, 가게 안은 어느덧 시끌벅적한 시장판이 되어 있었다.

"어? 이벤트 하나 본데?"

청류의 말에 모두의 시선이 홀 중앙에 설치된 엑스 배너로 향했다. 거기에 "인기 먹방 스트리머 땡이에게 도전해 보세요!"라는 문구가 적혀 있었다.

"야, '먹방'이 뭐냐?"

청류는 정말로 모르겠다는 표정이었으나, 주아의 반응은 심드렁하기 짝이 없었다.

"먹는 방송."

"그런 방송도 있어?"

"있어. 너 빼고 다 보는 방송."

"아하, 그래서 먹방 스트리머구나."

청류는 오묘한 인생의 진리를 깨달은 사람처럼 고개를 주억거렸다.

주아가 대뜸 물었다.

"스트리머가 뭔 뜻인지는 알고?"

먹방도 모르는 청류가 알 턱이 없었다.

"사람들이 많이 본다며. 그럼 당연히 연예인이겠지. 옛말 틀린 거 하나 없네. 자고로 밥을 잘 먹어야 복이 온다고 했지. 저 친구도 아주 잘 먹어서 연예인이 됐나 보고만. 허허허.”

“뭐라는 거야.”

주아는 코웃음을 쳤지만, 아예 틀린 말은 아니어서 그
냥 넘어가기로 했다. 때마침, 스트리머 땡이를 포함한 참
가자들이 테이블 앞 의자에 착석했다. 각 테이블에는 햄
버거가 종류별로 수북하게 쌓여 있었다.

“한마디로 말해서 많이 먹기 대회다, 이거지? 아깝다!
나도 신청할걸. 절대로 안 질 자신 있는데.”

청류의 입에서 탄식이 흘러나왔다. 그러나 현담의 태
도는 지극히 냉소적이었다.

“아니. 절대로 네가 져.”

현담이 테이블 위로 내민 핸드폰 화면에는 땡이의 먹
방이 나오고 있었다. 작은 키에 깡마른 체구의 남자는
앉은자리에서 삼겹살 3킬로그램을 암팡지게 구워 먹었
다. 그것만으로도 참 대단하다 싶었는데, 그게 끝이 아니
었다.

“또 먹어? 다 어디로 들어가냐?”

청류가 혀를 내두를 즈음, 본격적인 이벤트가 시작됐다.

“난 먼저 가 볼게.”

심란했던 백연이 자리에서 일어나자 청류는 이것만 보고 같이 가자며 막무가내로 팔을 끌어당겼다. 할 수 없이 도로 앉기는 했지만 백연은 이벤트 따위에는 전혀 관심이 없었다. 솔직히 저기 있는 참가자 모두 한심해 보였다. 특히 걸신이라도 들렸는지 버거를 입에 넣자마자 씹지도 않고 삼켜 버리는 '땡이'라는 사람은 가관이었다.

저렇게 먹어 대다가는 보나 마나 탈이 날 텐데, 구경꾼들은 오히려 그 모습에 감탄하며 응원을 아끼지 않으니 그저 기가 찰 노릇이었다.

청류와 주아는 그렇다 치더라도 현담까지 그럴 줄이야. 세상에서 제일 추잡한 짓이 남 먹을 때 쳐다보는 거라고 했거늘.

"말세다, 말세야."

"그러게. 많이 세네?"

백연의 혼잣말을 오해한 청류가 제멋대로 맞장구를 쳤다. 그런 와중에도 청류의 정신은 오로지 땡이란 사람에게 쏠려 있었다.

"오오! 장난 아니다!"

청류의 외침에 백연이 무의식적으로 돌아보니, 그 많

던 참가자는 다 어디로 가고 땡이 혼자만 덩그러니 남아 있었다. 사실상 경기가 끝났음에도 땡이는 왜인지 남은 햄버거를 계속 입 속으로 쑤셔 넣었다. 먹어도 먹어도 허기가 채워지지 않는 듯, 그의 눈동자는 굶주린 짐승처럼 희번덕거렸다.

"저건……."

그 눈빛을 본 백연의 동공이 일순 커졌다. 소맷부리가 들썩이며 으르렁하는 소리가 새어 나왔다. 하지만 백연은 아직 때가 아니라는 듯 소매를 움켜잡고 남자를 매섭게 주시했다.

'저 속엔 뭐가 있을까?'

예사롭지 않은 백연의 시선을 감지한 땡이는 몹시 당황했다. 눈자위가 벌겋게 충혈된 채였다. 오가는 눈빛에서 일촉즉발의 위기감이 감돌았다. 긴장이 극에 달하던 그 순간, 백연의 옷소매 안에서 주먹만 한 크기의 개가 튀어나왔다. 앞발이 하나, 뒷발이 둘인 삼족구는 비호처럼 주저 없이 땡이를 향해 달려들었다. 그러자 껍데기에 불과한 땡이의 육신은 바닥에 맥없이 쓰러지고, 그 안에 있던 놈이 진짜 모습을 드러냈다.

✳

"맡겨 주세요, 대장!"

현담이 허공에 대고 로프를 휘두르자 검은 연기처럼 나타난 올가미가 목표물을 향해 날아갔다.

촤악. 단번에 요괴를 포획한 현담은 손에 로프를 칭칭 감은 뒤 힘주어 끌어당겼다. 사로잡힌 조마구는 괴로워하며 난폭하게 버둥거렸다.

노련한 주아는 이때를 놓치지 않고 화살을 쏘았다. 활활 타오르는 불화살이 조마구 몸체에 꽂히자 화르르 화염이 일어났다.

"꾸에엑!"

살을 태우는 뜨거운 열기에 팔다리를 뒤틀어 대는 틈을 타, 주아는 두 번째 불화살을 활시위에 걸었다. 표적을 응시하는 주아의 눈빛에서 일말의 동요도 느껴지지 않았다.

"이번엔 심장이다!"

주아의 손을 떠난 불화살은 예고대로 한 치의 어긋남도 없이 놈의 심장을 관통했다.

"드디어 내 차례인가. 지루해서 혼났네."

잠자코 지켜보던 백연은 품에서 손바닥보다 조금 큰 가죽 책자를 꺼내 양쪽으로 펼쳤다. 눈을 감고 입속말로 주술을 외우자, 타들어 가는 요괴 몸뚱어리에서 붉고 투명한 구슬이 빠져나와 공중에 떠올랐다.

둥둥 떠돌던 구슬이 자석에 쇠붙이가 붙듯 책 속으로 빨려 들어가니 눈부신 광채가 번득 허공을 갈랐다.

"후우…… . 봉인 완료."

백연이 조용히 책장을 덮었을 때야 비로소 걸귀(乞鬼)는 한 줌의 재가 되어 '영원한 암흑' 속으로 사라졌다.

＊

한강의 야경이 차창으로 빠르게 스쳐 지나갔다.

"그런데 말이야. 다들…… 왜 내 차에 탄 거야?"

핸들을 움켜쥔 현담이 참다못해 한마디 하자 보조석에 앉은 청류가 도리어 성질을 냈다.

"인마, 너만 차 끌고 왔잖아!"

"택시는?"

"네 차 있는데 뭐 하러?"

"내가 운전기사야, 뭐야. 왜 맨날 나만 운전을……."

어금니를 깨무는 현담의 이마에 핏대가 살짝 드러났다.

"그건 그렇고. 백호, 아까 사람들 기억은 지웠지?"

"당연하지."

"꺼진 불도 다시 보라잖냐."

"요괴 나타나기 전 시간으로 돌려 놨어."

백연은 새삼스러운 질문을 하는 청류가 못마땅했으나, 가슴속으로 한숨을 삼킬 뿐이었다.

"아, 맞다. 넌 그 요괴 어떻게 아냐? 난 처음 보는데."

흘끔 눈치를 본 청류가 자연스레 화제를 돌렸다. 백연은 심호흡을 한 번 하고 대답했다.

"나도 직접 본 건 처음이야. 조마구에 대해 내가 아는 건, 그놈이 멍청하긴 한데 성깔은 있어서 때릴수록 커진다는 점과 불로 태워 죽여야 한다는 것 정도."

"그래서 뒷짐 지고 구경만 하셨다? 어쩐지!"

"주아, 수고했어."

뒷짐을 진 적은 없었지만 주아의 활약이 컸던 게 사실이라, 백연은 담백하게 인정하고 칭찬했다.

"두 발밖에 안 쐈는데, 뭘."

쌀쌀맞은 말투와는 어울리지 않게 주아의 광대뼈 언저리에 발그레한 혈색이 돌았다.

"됐고. 조마구 얘기나 더 해 봐."

남의 칭찬 따위에는 관심 없는 청류가 재촉하자, 백연은 못 말리겠다는 듯 고개를 저으며 자신이 아는 이야기를 들려주었다.

"옛날 어느 집 부뚜막에 조마구라는 괴물이 들어와서 반찬을 몽땅 훔쳐 먹었대. 그 집 여인이 놀라서 몽둥이로 때렸지만, 괴물은 점점 더 커질 뿐이었지."

"아, 때릴수록 커진다는 게 그 말이었어?"

"그래. 조마구는 결국 여인을 죽이고 그 살로 고깃국을 끓여 뒀는데, 집에 돌아온 아들이 그 고깃국을 먹은 거야. 당연히 어머니가 끓여 둔 것으로 생각했으니까."

"엽기적이구먼. 그래서?"

청류는 괜스레 목덜미를 더듬었다. 미처 마르지 않은 땀이 손바닥에 조금 묻어났다.

"며칠이 지나도 어머니는 집에 돌아오지 않았고, 한참이 지나서야 실은 자기가 먹은 게 어머니의 살이었다는 사실을 알게 된 거지. 수소문 끝에 조마구의 은신처를 알아낸 아들은 조마구가 집을 비운 사이 음식을 모조리 먹어 치워 버렸어."

"가뜩이나 걸귀인데, 굶어 죽었으니 한 맺힐 만하네."

"끝까지 들어 봐."

"굶어 죽은 게 아니란 말이야?"

청류는 마른침을 꿀꺽 삼켰다. 백연도 바싹 마른 입술을 혀로 적시고는 다시 말을 이었다.

"아들은 조마구가 잠을 잘 때도 계속 방해했어. 지쳐버린 조마구는 잠을 자려고 스스로 가마솥에 들어가 뚜껑을 닫아 버렸는데, 이때 아들이 아궁이에 불을 때서 태워 죽였다는 뭐, 그런 이야기야."

"듣다 보니 좀 이상한데?"

청류의 한쪽 눈썹이 실쭉 올라갔다.

"뭐가?"

"자기가 가마솥에 들어갈 게 아니라 아들을 확 죽이면 됐잖아. 엄마를 죽여서 고깃국 끓였다면서 아들은 못 죽일 이유는 뭐야?"

"아들은 괴롭히기만 했지만, 어머니는 몽둥이로 때렸지."

"아하."

백연이 내놓은 명쾌한 답변에 청류는 그 즉시 납득하고 고개를 끄덕였다.

"그럼 조마구를 불러낸 원혼도 불에 타 죽은 걸까? 굶어 죽었나? 아니면 설마, 맞아 죽었나?"

듣고만 있던 주아도 대화에 얼른 끼어들었다.

"나도 모르지."

백연은 대답을 회피하고 물끄러미 창밖을 내다보았다. 차창에 비친 그의 얼굴에 수심이 가득해 보였다.

✳

불 켜진 화월 고서점에 도착한 사인방은 지친 기색이 역력했다. 그중에서도 청류는 유달리 엄살을 떨면서 홀에 있는 커다란 탁자 앞에 털썩 앉아 버렸다.

"백호, 너 혼자 올라가라. 아까 뜀박질을 너무 열심히 했더니 아직도 다리가 후들거리네."

청류가 장딴지를 주무르며 앓는 소리를 하자, 백연은 말없이 품에서 가죽 책자를 꺼내 손에 옮겨 들었다.

"너희도 쉬고 있어. 금방 가져다 놓고 올 테니까."

"아닙니다. 제가 같이……."

현담이 따라나서려고 했으나, 백연은 부드러이 사양하고선 홀로 계단을 올라갔다. '원혼 책' 입고와 관리는 본래부터 자신의 소관이었으므로.

그보다, 고서점에 불이 켜 있다는 건 지유가 아직 퇴근하지 않았다는 뜻이다. 백연은 문득 궁금해졌다. 혹시 나를 기다린 건가?

'신뢰가 먼저지.'

얼핏 주아의 말을 떠올린 백연은 어떤 식으로 이야기를 꺼내야 좋을지 골몰히 생각했다. 마지막 계단을 성큼 밟고 올라서던 때였다.

"사장님!"

안쪽 어딘가에서 불쑥 튀어나온 지유가 백연이 서 있는 데까지 한달음에 달려왔다. 적잖이 당황한 백연은 들고 있던 책을 그만 떨어뜨리고 말았다.

"왜 그러……."

"사장님! 어떡해요!"

말은 하지 않고 발만 동동 굴러 대는 모습을 보고 있으려니, 백연의 마음도 까닭 없이 초조해졌다.

"무슨 일입니까?"

"큰일…… 저 어떡해요……."

지유는 급기야 울먹거리기까지 했다. 글썽이는 눈망울을 보는 순간 백연의 머릿속에서 사이렌이 울렸다. 제발, 울지만 않으면 좋겠는데.

"쥐라도 나왔습니까?"

"아니요……."

"괜찮으니 차근차근 말해 보세요."

"그러니까 그게……."

지유는 선뜻 말하기를 꺼리며 곤란한 표정만 내비쳤다. 지유로서는 당연했다. 사실대로 말한들 그 누가 믿어주겠는가. 하지만 이대로 넘어가기에는 너무나 분통했다.

"사장님!"

결단을 내린 지유는 백연의 두 손을 부여잡고 그의 눈을 뚫어지게 응시했다.

"듣고 있습니다."

백연은 바닥에 떨어진 책이 못내 신경 쓰였지만, 지유의 시선을 피하지는 않았다. 아니, 절박한 지유의 눈빛을 차마 외면할 수가 없었다.

"사장님, 있잖아요. 지금부터 제가 하는 말이 엄청! 이상하게 들려도 저를 딱 한 번만 믿어 주실 수 있을까요?"

"믿겠습니다."

"정말요?"

"사장이 하나뿐인 직원 말을 안 믿으면 어쩌겠습니까."

"그럼 저도 믿고 말씀드리는 건데요. 저기 책장 뒤에 뭐가 있거든요. 괴, 괴물⋯⋯이요."

"네?"

백연이 눈을 껌벅거리자, 지유는 에라 모르겠다는 심정으로 목구멍에 걸려 있던 말을 홱 뱉어 버리고 말았다.

"암튼 저 괴물이 제 팔찌를 삼켜 버렸다고요!"

그 말에 백연의 미간이 종잇장처럼 구겨졌다.

"어떻게 생겼습니까?"

"값어치가 있다거나 그런 건 아니지만 저한테는 진짜로 소중한 거거든요. 빨간 실로 매듭이⋯⋯."

"팔찌 말고, 그 괴물 말입니다."

"아, 검은색 도자기로 된 꽃병처럼 생겼는데요. 계산대위에 있던 거요! 처음엔 평범한 꽃병이었거든요? 그런데 갑자기 팔다리가…….”

“혹시 저렇게 생겼습니까?”

백연의 턱짓에 무심코 뒤를 돌아본 지유는 순간적으로 반색하며 고개를 까닥거렸다.

“맞아요! 바로…… 엄마야!”

책장 뒤에서 얼굴만 빼꼼 내민 도자기 괴물을 발견하고 반 박자 늦게 놀란 지유는 백연의 등 뒤로 잽싸게 숨었다.

“저, 저거예요. 저만 보이는 거 아니죠?”

“잠시만. 지유 양 눈에 저게 진짜로 보인다는 겁니까?”

백연이 미심쩍은 어조로 묻자, 지유는 눈썹을 삐뚜름하게 올리고 되물었다.

“사장님도 보이신다면서요?”

“저야 아주 잘 보이죠. 그런데 저게 말입니다. 원래 보통 사람한테는 안 보여야 정상이라.”

“그게 무슨 말씀이세요? 사장님한테는 보여야 정상이고, 저한테는 안 보여야 정상이다?”

백연은 딱 잘라 답했다.

“생각보다 이해가 빠르군요. 네, 그렇습니다.”

이에 발끈한 지유는 한 걸음 앞으로 나와 그의 얼굴을 빤히 올려다보았다.

"지금까지 저 놀리신 거 맞죠? 좋은 분인 줄 알았는데 정말 실망이에요. 그러니까 결론은 제가 비정상이라는 거잖아요."

"얘기가 어째서 그렇게……."

"문자 받으셨죠? 짧은 시간이었지만, 감사했습니다."

단단히 토라진 지유는 일방적으로 대화를 끝내 버렸다. 백연의 옆을 휙 지나치는 지유의 긴 머리카락이 성난 파도처럼 출렁거렸다.

보란 듯이 쿵쿵 발소리를 내며 계단으로 향하는 지유의 눈에 우연히 바닥에 떨어진 책 한 권이 들어왔다.

'아, 맞다. 아까…….'

떨떠름한 표정으로 책을 집어 드는 그 순간, 지유의 동공이 커지더니 좌우로 빠르게 움직이기 시작했다. 파르르 떨리는 눈꺼풀 사이로 엿보이는 형형한 눈빛이 범상치 않았다.

'한낱 인간에게서 영기가 느껴지다니!'

어찌 된 영문인지 알 길은 없었으나 이대로 두면 무슨

큰일이라도 벌어질 것만 같았다.

백연은 지유의 양어깨를 잡아 흔들며 다급하게 소리쳤다.

"지유 양, 정신 차려요!"

그러자 지유는 물에 빠진 사람처럼 필사적으로 팔다리를 바르작대더니, 참았던 숨을 왈칵 토해 냈다. 이 모든 게 단 몇 초 만에 벌어진 일이었다.

다리가 풀려 그대로 바닥에 주저앉아 버린 지유는 와들와들 떨면서 무어라 웅얼거렸다.

"채, 책⋯⋯."

다행히 정신은 돌아왔지만, 지유의 낯빛은 창백하기만 했다. 좀처럼 알아들을 수 없었던 백연은 반쯤 무릎을 꿇은 자세로 지유와 눈높이를 맞추었다.

"방금 뭐라고 했습니까? 책에서 뭘⋯⋯ 본 겁니까?"

혹시, 이 아이⋯⋯. 불현듯 통증처럼 찾아온 어떤 예감이 백연의 목울대를 타고 뜨겁게 넘어갔다. 그러나 그 예감이라는 것은, 실체 없는 직감을 정황이라는 틀에 끼워만든 자신의 상상인지도 몰랐다. 그렇기에 더욱 확신이 필요했다.

"힘들겠지만 일단 진정하고, 침착하게 본 걸 말해 보세요. 기억나는 대로요. 어떤 것이든 상관없습니다."

멍하니 굳어 버린 지유의 얼굴을 들여다보고 있으려니 잠시 세상이 멈춘 듯했다. 그런 채로 얼마나 시간이 지났을까. 드디어 지유가 힘겹게 입술을 뗐다.

"미, 민주가 죽었어요……. 애들이 그랬어요……. 민주를 그렇게 만들었어요……."

지유는 자신이 본 장면을 떠올리며 띄엄띄엄 말을 이어 갔다. 말하는 내내 뭍에 올라온 물고기처럼 가쁘게 숨을 헐떡거렸다.

백연은 집요하게 추궁했다.

"민주라니요, 아는 사람입니까? 책이 그런 장면을 보여 줬다는 건가요? 좀 더 자세히 말해 보세요."

"그냥 책을 집는 순간 그 장면이…… 보였어요."

지유의 시선이 무겁게 내려앉았다. 삽시간에 눈물 한 방울이 하얀 볼 위로 툭 떨어졌다. 눈물이 턱까지 흘러내렸을 때에야 비로소 지유는 손등으로 눈물을 쓱 훔쳐 내며 멋쩍게 웃었다.

"피곤해서 깜빡 잠들었나 봐요. 꿈일 거예요, 아마."

하지만 그러는 동안에도 눈물은 하염없이 쏟아졌다. 백연은 먹먹해진 얼굴로 지유를 바라보다가, 어렵사리 입을 열었다.

"지유 양은 잠든 게 아닙니다. 뭔가를 본 게 틀림……."

"사장님은 어차피 제 얘기 믿지도 않으시면서 왜 자꾸 물어보시는 건데요?"

쌀쌀맞은 말투와는 다르게 쓸쓸하고 애처로운 지유의 눈빛이 갈 곳을 잃고 공허하게 떠다녔다. 그 눈빛은 한참을 돌아 백연의 가슴에 아프도록 박혔다.

"믿지 않은 게 아니라, 그럴 리가 없다는 뜻이었습니다."

"그게 안 믿는 거예요, 사장님."

순간, 백연의 만면에 당혹감이 퍼졌다. 입가에는 미세한 경련이 일었다. 곰곰이 이치를 헤아려 보니 지유의 말이 백번 옳았다.

"미안합니다. 어찌 되었든 지유 양 입장에서는 불쾌했을 텐데. 사려가 부족했던 제 불찰입니다."

"아셨으면 빨리 대답이나 해 주세요. 이 책, 뭐예요?"

지유는 숨을 죽이고 다음에 올 말을 기다렸다.

백연은 가라앉은 목소리로 말했다.

"그 전에 먼저 보여 줄 게 있습니다. 저를 따라오시죠."

그의 모습에서 왠지 모를 위압감을 느낀 지유는 마지못해 따라나섰다. 또 딴소리만 해 봐라, 잔뜩 벼르면서.

화월 고서점의 비밀

　2층 복도 끝에 다다르자, 문 하나가 보였다. "관계자 외 출입금지"라는 글자를 보는 순간, 지유의 마음속에서 본능적으로 경계심이 발동했다.

　"들어오십시오."

　백연은 묘한 미소를 머금은 채로 손잡이를 돌렸다. 지유는 침을 꼴깍 삼킨 후, 크게 한 발을 내디뎠다. 오래된 괘종시계와 반질반질한 책상, 녹슨 캐비닛이 눈길을 끌었다.

　"여기가 사무실인가 봐요?"

"이쪽으로."

백연은 대답을 미루고, 캐비닛과 장식장 사이에 있는 중문으로 다가갔다. 문을 열자, 이번에는 긴 복도가 나타났다. 안은 캄캄하고 비좁았다. 한 사람이 겨우 지나갈 만한 폭이라, 지유는 백연의 등 뒤에 금붕어 똥처럼 붙어서 걸어가야만 했다.

"그런데요, 사장님. 우리 어디 가는 거예요?"

지유의 마음은 금세 불안해졌다.

"어두워서 위험하니 발밑을 조심하십시오. 제 옷자락을 잡으셔도 상관없습니다."

백연은 역시나 딴소리였다. 지유는 그럴 줄 알았다는 듯 입술을 비죽거렸다. 그렇게 백연의 옷자락을 꼭 붙든 채로 복도 중간쯤을 지났을 무렵, 어디선가 갑자기 나타난 불빛이 반짝거렸다. 천장에 매달린 길쭉한 타원형의 등롱이 복도를 따라 끝도 없이 이어지고 있었다.

"와, 신기하다! 등에 있는 말 그림이 꼭 달리는 것처럼 보이네요. 무슨 원리지? 사장님, 이거 뭐라고 불러요?"

지유가 호기심 어린 눈으로 물어오자, 백연은 상냥하게 대답해 주었다.

"주마등이라고 합니다."

"주, 주마등이요?"

지유는 저도 모르게 몸을 뒤로 물렸다. 등롱 안에서 타오르는 촛불의 그림자가 아연해진 얼굴에 일렁일렁 드리웠다. 따스하고 아름다운 불빛이 뒷걸음질을 칠 때마다 하나둘씩 멀어져 갔다.

'아, 주마등이 눈앞에 스쳐 간다는 게 이런 거였구나.'

어쩐지 온종일 운수가 사나웠다. 도자기 괴물이 나타나질 않나, 엄마 유품인 팔찌를 도둑맞질 않나. 책에 손을 댔더니 끔찍한 환상 따위가 보이질 않나. 그러면 그렇지. 지유는 이제야 자신에게 일어난 모든 일을 오롯이 이해할 수 있을 것만 같았다.

"이렇게 허망하게 죽는 건가요?"

"네?"

두 개의 시선이 빠르게 엇갈렸다.

"저 오늘 죽는 거냐고요, 고작 열일곱 살인데요?"

"생뚱맞게 왜 그런……."

"죄송한데, 저 아직 못 죽어요. 하고 싶은 것도 많고, 치킨 쿠폰 열 장 모은 것도 못 썼단 말이에요. 첫 키스도 못

해 봤고요.”

“뭔가 오해를 한 모양이군요. 좀 난처하네요. 설마하니 저를 저승사자로 생각한 겁니까?”

백연은 말문이 턱 막히는 심정이었다.

“아니세요?”

지유가 다시금 묻자 백연은 양턱이 툭 튀어나오도록 이를 악물며 말했다.

“아닙니다.”

“뭐, 사장님 비주얼이 저승사자 같다는 얘기는 아니었고요. 아무튼 저 안 죽는 거죠? 다행이다……. 그러게 주마등을 왜 이렇게 주렁주렁 달아 놓으셨대요? 사람 헷갈리게.”

조금 전까지만 해도 울상이었던 지유의 얼굴이 어느새 새치름하게 바뀌었다.

‘악덕 업주로도 모자라 이젠 저승사자 취급까지 당하다니. 이런 치욕이 다 있나.’

백연은 고개를 옆으로 돌리고 혀를 쯧, 찼다. 땡감을 열 개쯤 먹은 것처럼 뒷맛이 떨떠름했다.

“기분 상하셨다면 죄송해요.”

"흐음."

지유를 내려다보는 백연의 눈길은 무감하기만 했다. 대놓고 실망한 기색을 드러냈다가는 속 좁아 보일 것이었으므로. 어찌 되었든, 조금 더 걷다가 거대한 철문 앞에 멈춰 선 백연은 천천히 뒤돌아봤다.

"그럼, 문을 열도록 하겠습니다."

지유는 뻣뻣하게 고개를 끄덕였다. 그 순간 묵직한 철문이 철컹 소리를 내며 열렸다.

✳

철문 안은 다른 세계였다. 지금껏 보아 온 세계와는 아예 차원이 다른 세계. 눈앞에 펼쳐진 장관에 온 신경을 빼앗겨버린 지유는 입을 헤벌리고선 바쁘게 두리번거렸다.

은은한 불빛이 공간 전체를 감싸고 있는 이곳은 웅대하고 압도적인 스케일의 서고였다. 천장은 고개를 완전히 뒤로 젖히고도 한참 올려다봐야 할 만큼 높았고, 천장까지 뻗은 무수한 책장은 지유를 360도 에워쌌다.

"대박! 꼭 피사의 사탑 안에 들어와 있는 것 같아요. 저게 전부 책이에요?"

비밀 서고에 따로 보관된 책들이라 그런지 하나같이 오래되고 희귀해 보였다. 고서점의 구조나 평수로 따졌을 때, 이런 공간이 존재한다는 사실은 불가사의했지만.

"아주 특별한 책들이지요."

대사만 보면 자랑처럼 들리는데, 허공을 응시하는 백연의 눈빛은 풀기 어려운 방정식처럼 복잡해 보였다.

"여기 있는 책, 사장님이 직접 다 모으신 거예요?"

"모았다기보다는 가뒀다고 해야겠지요."

"가둬요? 뭘요? 책에요?"

생각지도 못한 문장이 튀어나왔으니 질문이 쏟아지는 게 당연했다. 지유가 연달아 묻자 백연은 숨을 깊게 들이마신 뒤 진중하게 입을 열었다.

"원혼입니다."

"저기 있는 책들 안에 원혼이 갇혀 있다고요?"

"그렇습니다."

"에이, 설마요."

농담으로 받아들인 지유는 손사래까지 활활 치며 어림도 없는 소리 하지 말라는 표정을 지어 보였다.

"아까 책에서 봤다고 하지 않았습니까."

"그건……."

"이젠 지유 양이 안 믿는군요. 상호 간에 신뢰하기로 합의한 거 아니었습니까?"

백연의 시선이 지유의 어깨 너머 어디쯤으로 미끄러졌다. 벌이 쏘고 간 듯, 따끔한 눈초리였다.

"도대체 사장님 정체가 뭐예요? 저승사자는 아니라고 하셨고 그럼 퇴마사 뭐, 그런 쪽이세요?"

"퇴마사는 아닙니다만, 비슷한 일을 하기는 합니다."

결국 지유의 울화통이 터지고 말았다.

"사장님! 제발 부탁인데, 빨리 좀 말씀해 주시면 안 돼요? 언제까지 궁금하게만 하실 작정이냐고요!"

"진정하십시오. 다 말씀드리겠습니다."

지유의 기백에 눌린 백연은 눈을 내리깔고 상념에 잠겼다.

"진즉에 그러셨으면 좋았……."

"저는 신(神)입니다."

가로막듯 말을 꺼낸 백연의 얼굴에는 그나마 묻어 있던 웃음기마저 완전히 지워졌다. 자신을 신이라 칭하는 그의 목소리는 스산할 정도로 낮고 단호했으나, 지유는 무슨 이야기를 하는지 당최 모르겠다는 듯 눈만 깜빡거릴 뿐이었다.

"좀 더 구체적으로 말하자면, 사신(四神) 중에서 서쪽을 주관하는 신입니다. 세간에서는 저희를 사방신이라 부른 다던데. 어쨌든, 늦은 감이 있지만 정식으로 제 소개를 하죠. 백호라고 합니다."

그야말로 기상천외한 발언이었다. 지나치게 참신한 농담이라 어떻게 반응해야 할지 감도 잡히지 않았다.

"좌청룡 우백호 할 때, 그 백호요?"

"잘 알고 있군요."

지유의 꽉 잠긴 목구멍에서 겨우 소리가 흘러나왔다.

"그렇지만…… 백호는……."

백연은 알 만하다는 듯 콧잔등을 찡긋거렸다.

"때때로 흰 호랑이고, 대부분은 보시는 것처럼 인간의 모습으로 지내고 있습니다."

"호랑이로는 언제 변하시는데요?"

"유사시라고 해 두겠습니다."

그의 눈빛은 잔잔했지만, 지유는 그렇지 못했다.

"지금…… 믿어야 하는 분위기죠?"

화월 고서점에서 겪은 일, 아니 열일곱 생을 통틀어 최고로 어이없는 순간이었다. 지유는 눈을 깜박이는 것도 잊은 채로 망연히 백연의 옆얼굴을 쳐다보았다.

"서지유 양의 심정을 이해 못 하는 건 아니지만, 시선이 노골적이라 매우 불편합니다."

백연이 헛기침을 하며 민망해했다.

"아, 죄송해요. 저도 모르게……."

지유도 어리둥절했다. 완전히 넋이 나간 모양인지, 중간중간 기억이 희미했다.

"참고로 덧붙이자면 저희는 각각 동서남북을 수호하고, 사계절을 주관하고 있습니다. 자, 이제 제 정체는 밝혔으니 본론으로 들어가도 되겠습니까?"

"본론이요? 뭐가 또 남았어요?"

"지유 양이 지닌 그 능력 말입니다. 본인의 능력에 대해 자각이 없는 것 같으니, 한 가지 실험을 해 볼까 합니다."

백연이 어깨높이로 손을 들어 올리자, 저만치에서 책 한 권이 휙 날아와 그의 손에 턱 쥐어졌다.

"저렇게 높이 있는 책을 무슨 수로 꺼내나 했더니 그런 방법을 쓰시는 거였구나.”

어느덧 자포자기에 빠져 버린 지유는 그저 허탈하게 웃을 뿐이었다.

*

한편, 잠에서 깬 옥자의 얼굴에는 근심이 가득했다. 꿈자리가 찜찜한 탓이었다. 흐린 눈으로 바라본 벽시계는 새벽 세시를 가리키고 있었다.

“무슨 꿈이 이리도 생생한지…….”

갈증이 나서 머리맡에 둔 플라스틱 물통에 손을 뻗었더니 물이 조금밖에 남아 있지 않았다. 옥자는 플라스틱 물통을 챙겨 들고 주방으로 나갔다. 지유 아빠인 서일도 교수도 서재 문을 열고 나오던 참이었다.

“아범은 여태 안 잔 거야? 일이 그렇게 많아?”

“이제 자려고요. 어머니는 왜 벌써 일어나셨어요?”

“나이 들어 그런지 자꾸 목이 마르네. 그나저나, 우리 지유는 왜 안 하던 아르바이트를 한대니? 그것도 오밤중에 영업하는 고서점이라니…….”

"요즘엔 심야 책방이다 뭐다, 그런 데 많아요. 그리고 걱정 안 하셔도 돼요. 그 녀석 단증이 몇 갠데요. 지구대도 코앞이잖아요. 김 순경한테도 한 번씩 들여다보라고 말해 놨고요."

이 정도면 충분히 안심시켰다 싶었는데, 옥자의 인상은 좀처럼 펴질 줄을 몰랐다.

"암만해도 꿈이 심상치가 않아서."

"꿈이요?"

"아냐. 아범도 피곤할 텐데 눈 좀 붙여. 프로파일인가 파일럿인가도 쉬엄쉬엄하고. 그러다 병나겠어."

옥자는 식탁에 놔둔 물통도 잊은 채, 터덜터덜 방으로 들어갔다. 세찬 바람에 창문이 덜컹덜컹 흔들렸다. 유리창으로 비껴드는 가로등 불빛이 옥자의 얼굴에 노랗게 번졌다. 깊게 팬 눈주름이 한층 진해 보였다.

"내 새끼한테 아무 일도 없어야 할 텐데……."

문득 아주 오래전, 법령 스님이 했던 말이 떠올랐다.

'아기는 곧 깨어날 겁니다. 장차 크게 하늘의 쓰임을 받을 운명인 게지요. 그때가 언제인지는 아무도 모릅니다. 다만, 때가 이르면 저절로 알게 될 터. 귀하게 키워 주셔야

합니다, 보살님.'

그러면서 법령 스님은 옥자에게 붉은 실타래를 건네주었다. 실로 팔찌를 만들어 매일 몸에 지니게 하라면서 말이다. 무슨 일이 있어도 팔찌를 풀면 안 된다고 신신당부했다.

그 이유까지 일러 주지는 않았으나, 신실한 불자인 옥자는 절대로 의심하지 않았다. 붉은 실로 만든 팔찌가 하나뿐인 손녀딸 지유를 지켜 줄 거란 굳건한 믿음 때문이었다.

그리고 지유는 옥자의 바람대로 지금껏 별 탈 없이 잘 자라 주었다. 붉은 팔찌를 제 어미의 유품이라 믿으면서.

"하필이면 팔찌가 끊어지는 꿈이라니……."

아무리 꿈이라지만 불길한 생각을 떨칠 수 없던 옥자는 절에 갈 채비를 서둘렀다.

＊

"이 자식은 뭐 하느라 여태 안 내려오는 거야?"

청류가 짜증스럽게 내뱉자, 주아는 대수롭지 않다는

듯 받아쳤다.

"그 여자애랑 얘기가 길어지나 보지."

마침 계단에서 내려온 현담이 중얼거리듯 말했다.

"위에 아무도 없던데."

주아가 식겁하며 소리쳤다.

"야! 발소리 좀 내고 다니라고 몇 번을 말해! 하여튼 음흉해."

2층으로 올라가는 나무 계단이 워낙 오래되어서 밟을 때마다 삐걱삐걱 소리가 나곤 했는데, 현담은 그런 계단을 항상 소리 없이 밟고 다녔기 때문이다.

청류는 그럴 리 없다는 표정으로 고개를 쭉 빼고 되물었다.

"아무도 없다고?"

아까부터 여기서 꼼짝도 하지 않았지만, 계단에서 내려온 이는 없었다. 카운터 의자에 걸쳐 둔 지유의 베이지색 코트도 그대로였다.

"다 찾아봤어……."

현담은 누구와도 눈을 마주치지 않고 천장만 쳐다봤다. 그러다 뭔가 떠올랐는지 조그맣게 덧붙였다.

"아, 딱 한 군데만 빼고."

청류와 주아가 이구동성으로 물었다.

"그게 어딘데!"

"둘이 거기에 있다는 보장은 없지만, 거기만 빼고 다 찾아본 건 사실이야."

"백호가 그 여자애를 데리고 거길 들어갔다고? 인간 여자를? 야, 인마! 그게 말이나 되냐! 아니다. 이러고들 있지 말고, 다 같이 가 보자. 직접 가 보면 알 거 아니야."

청류는 끼익, 의자를 밀어내며 벌떡 일어섰다. 주아도 동의하듯 몸을 일으켰다.

육중한 철문 앞에 멈춰선 삼인방은 긴장한 낯으로 서로를 바라봤다. 네가 열어, 아니 네가 열어. 하찮은 실랑이를 벌이다가 결국 주아가 손잡이를 잡아당겼다. 그곳에는 정말로 지유와 백연이 함께 있었다.

"야! 백호……."

게다가 지유의 손엔 원혼 책까지 들려 있었다. 삼인방은 비록 입 밖으로 소리 내지는 않았지만, 다들 속으로 똑같은 생각을 하는 듯했다.

백연은 지유의 어깨를 지그시 누르며 말했다.

"여기까지 하는 게 좋겠군요. 동료들이 왔네요."

"동료……요?"

얼떨떨해진 지유가 입구 쪽을 돌아봤다. 남자 둘에 여자 하나가 어정쩡한 자세로 서 있었다.

"아, 저분들이 사방신 친구들이세요?"

지유가 속삭이듯 묻자 백연은 고개를 끄덕이고는 재빨리 시선을 옮겼다. 어쩐지 심기가 언짢아 보였다.

"무슨 일인데?"

"그건 우리가 할 말이고! 대체 어떻게 된 거야!"

"왜 소리를 지르고 야단이야."

청류가 앞뒤 없이 내지르자, 백연은 이맛살을 한껏 찌푸리며 귀를 후벼 팠다.

"이 사태에 대해 넌 설명할 책임이 있고, 우리는 들을 권리가 있어. 냉큼 불어, 백연."

주아도 소매를 걷어붙였다. 더는 물러설 곳도, 둘러댈 핑계도 없다고 판단한 백연은 어깨를 으쓱이며 말했다.

"이런 식으로 알리고 싶진 않았지만, 기왕 이렇게 모인 김에 얘기하지, 뭐. 드디어 만난 것 같다. 우리가 찾던 그

사람 말이야.”

백연의 시선이 지유의 뺨에 가닿았다. 심상치 않은 눈초리에 지유는 물론이고 삼인방도 표정 관리가 되지 않았다.

“저분이 진짜로 견자(見者)란 말입니까, 대장?”

현담의 말에 갑자기 분위기가 경건해졌다.

“그래.”

확답하는 백연의 얼굴에도 전에 없던 비장함이 흐르고 있었다. 그때, 청류가 다급히 작전타임을 요청했다. 그러고는 사냥감을 낚아채는 한 마리 독수리처럼 백연을 끌고 구석으로 가 버렸다.

‘왜 저래?’

지유가 당황하는 틈을 타, 주아와 현담도 재빠르게 합류했다. 어느새 둥근 대형을 만든 그들은 서로 어깨동무한 상태로 수군거리기 시작했다.

“야, 쟤 그냥 여기 알바생이라며.”

“낸들 알고 뽑았겠어? 뽑아 놓고 보니 견자였던 거지. 그렇게 안 보이겠지만 나도 너희만큼 황당하다고.”

청류와 백연은 속닥거리는 건지, 씩씩거리는 건지 모

를 대화를 주거니 받거니 했다.

"백 년에 한 명꼴로 태어나는 운명의 아이가 제 발로 면접도 보러 오고, 직원까지 됐단 말이야?"

"역시 인연이라는 건 정말 신비합니다."

주아와 현담도 한마디씩 보탰다.

"근데, 확실해?"

"두 번이나 확인했어. 자세한 얘기는 이따가 하자."

"사장님! 저 언제까지 기다려요?"

지유가 난감한 투로 물어 오자, 백연은 곧 가겠다면서 대충 손짓했다.

"어쨌거나 견자가 나타났으니, 여기 있는 책들 어느 정도는 정리할 수 있겠네. 안 그래도 서고가 터져 나가기 직전이었는데."

빽빽하게 채워진 책꽂이를 바라보는 주아는 벌써부터 홀가분해 보였다.

"백 년 치 원혼이니까."

그때, 백연의 눈동자에 손가락으로 뺨을 긁으며 세상 지루한 표정을 짓고 있는 지유의 모습이 비쳤다. 더 세워 뒀다가는 원망을 들을 것 같았다.

"지유 양. 기다리게 해서 미안합니다. 아, 이쪽은 청룡, 현무, 주작입니다. 하지만 인간 세상에서는 청류, 현담, 주아라는 이름으로 부르고 있습니다."

백연이 뒤늦게 제 동료들을 소개했다.

"아…… 안녕하세요. 서지유예요."

지유는 꾸벅 고개를 숙였다. 그것 말고는 달리 뭘 해야 좋을지 떠오르지 않았다.

주아가 톡 쏘는 말투로 물었다.

"별로 안 놀라네요?"

"이미 들었어요. 평생 놀랄 거 아까 다 몰아서 놀랐고요."

지유는 주아를 물끄러미 쳐다봤다. 동성인 제가 봐도 반할 만큼 매력적이었다. 백연을 포함한 남자 셋도 저렇게 모여 있으니 꼭 히어로 무비의 주인공들 같았다.

"그보다 사장님, 말씀 안 해 주신 거 있는데요."

지유는 얼른 정신을 차리고 질문했다.

"견자 말이군요. 한자 그대로 '보는 자' 풀어 말하면 원혼 책을 읽을 수 있는 유일한 인간을 일컫는 저희 식 표현입니다. 견자의 출현을 아주 오랫동안 기다려 왔고요."

백연의 음성에 벅찬 감정이 섞여 있었다.

"그게 저라는 거죠? 그래서요?"

하지만 지유는 여전히 이해되지 않았다.

"본인의 능력을 인지했으니, 써야 하지 않겠습니까."

"무슨 말씀인지 전혀 모르겠는데요."

될 수 있는 한 당당하게 보이고 싶었는데, 아마도 실패한 모양이었다. 목소리가 떨리는 것을 지유 자신도 의식했으니까.

"원혼을 책 속에 가두었다고 말씀드렸습니다만, 그건 어디까지나 임시방편일 뿐입니다. 원혼의 한을 풀어 주어 저승으로 무사히 돌려보내야만 끝이 나는 것입니다."

백연은 싸늘해 보일 만큼 무표정한 얼굴로 지유를 응시했다. 마치 무언가를 강요하는 눈빛이었다.

"왜…… 그런 눈으로 보시는데요?"

순간, 두 사람의 시선이 허공에서 엉켰다.

＊

다시 철문을 나서자, 이번엔 조선 시대 양반들이 살았을 법한 으리으리한 한옥이 나타났다. 솟을대문 양옆으로 담쟁이덩굴에 뒤덮인 돌담이 아득하게 이어졌다.

잿빛 기와지붕 아래에는 한문으로 무어라 써 놓은 현판이 걸려 있었다. 유감스럽게도 읽을 수 있는 글자가 단 한 자도 없었다.

"풍영재입니다. 풍성할 풍, 찰 영 자를 씁니다."

지유는 묻기도 전에 웬일로 알아서 대답해 주는 백연을 신기하게 쳐다봤다. 정작 알고 싶은 부분은 그게 아니었지만.

지유는 백연 대신 옆에 있는 주아에게 물었다.

"저기요……. 여기는 어디예요?"

"신관이에요. 사방신이 묵는 숙소라고 생각하면 돼요."

과연 요점을 콕 집어 말하는 방식이 누구와는 다르게 시원한 맛이 끝내주는 사이다 같았다.

"지난 백 년간 인간이 들어온 적은 한 번도 없었지만, 지유 씨는 특별한 손님이니까 언제든 환영이에요. 궁금한 거 있으면 뭐든지 물어보고요."

"감사합니다……."

수줍어하는 지유의 얼굴에 발그레한 홍조가 떠올랐다.

"담소는 차차 나누고 일단 들어가실까요?"

백연의 안내를 따라 일각문으로 들어서니, 제법 운치 있는 풍경이 펼쳐졌다. 달빛이 드리워진 커다란 연못 주변으로 무성한 가지를 길게 늘어뜨린 수양버들과 온갖 꽃나무들이 한 폭의 그림처럼 조화롭게 어우러져 있었다.

가지마다 걸린 작은 초롱불이 밤의 정원을 화사하게 밝혀 눈길이 닿는 곳마다 무척 아름다웠다. 생전 처음 보는 이름 모를 꽃들이 마냥 신기하기만 해서 한 발 다가서려는데…….

"으악!"

나무 밑에서 무언가를 발견한 지유는 까무러치게 놀라고 말았다. 그것은 짐승이었다. 온몸이 파란 데다 소머리에 말의 얼굴을 한 괴상한 짐승. 그런데 더 신기한 건, 이 기괴한 생명체에게서 왠지 모를 기시감이 느껴졌다.

"안심하십시오. 먹구슬 열매를 먹으러 온 것뿐이니까요."

백연은 가만히 다가가 짐승의 등을 쓰다듬었다. 몸은 사자를 닮았고 네발에 난 불꽃 모양의 짙붉은 갈기가 하늘을 향해 솟아 있었다. 백연의 손길이 닿자 목에 매달린 방울이 딸랑 소리를 냈다. 지유의 머릿속에서 단어 하나가 번쩍 떠올랐다.

"해치!"

인제 보니 고서점 입구에 있는 돌조각상과 생김새가 비슷했다. 그렇다고는 해도…… 해치는 상상의 동물 아니었나?

"불을 막는 물의 신수이자, 화월 고서점에서는 문지기 역할을 하는 녀석이죠. 신성함이 가득해서 근처에는 파리 한 마리도 얼씬하지 않는답니다. 선악과 시시비비도 가릴 만큼 영특하고요. 만져 보시겠습니까?"

"아뇨, 아뇨!"

지유는 질색하며 빠르게 손사래를 쳤다.

"알겠습니다. 그럼, 이쪽으로 오시지요."

"네……."

지유는 백연의 뒤를 바짝 따르면서도 내내 경계를 풀지 않았다. 이번엔 또 뭐가 튀어나올까, 잔뜩 긴장하면서.

＊

안채에 도착하고 나서야 마음이 놓인 지유는 찬찬히

집 안을 둘러보았다.

"좋은 데 사시네요. 가구도 비싸 보이고요."

사방신의 거처라고 해서 무서운 그림이 그려진 점집 분위기를 상상했는데, 내실은 의외로 세련되고 현대적인 느낌의 공간이었다. 굳이 비유하자면, 『월간 인테리어』에 나올 법한 퓨전 한옥 콘셉트랄까.

"번거롭게 해 드려 죄송합니다. 고서점엔 생각보다 듣는 귀와 보는 눈이 많아서 말입니다."

이를테면 그 도자기 괴물이겠지. 문득 팔찌 생각이 나서 뭐라 하려는데, 청류가 가자미눈으로 핀잔을 놓았다.

"이봐, 알바생. 웬만하면 빨리 좀 끝내지. 내가 지금 엄청나게 피곤한 상태거든."

무안해진 지유의 얼굴이 화악 달아올랐다.

치, 아직 아무 말도 안 했는데…….

백연이 신속히 대처했다.

"대신 사과드립니다."

"사과는 됐고요. 저 아저씨 또 성질내기 전에 얼른 말씀하시는 게 좋을 것 같네요."

히어로 무비의 주인공 같다는 말은 취소다. 조폭 행동

대장이라면 또 몰라도.

청류가 발끈하며 언성을 높였다.

"아저씨? 내가 왜 아저씨야, 어딜 봐서 아저씨냐고!"

"얘들아. 도저히 안 되겠다……. 쟤 좀 치워 줘."

손바닥으로 한쪽 눈을 가린 백연이 땅이 꺼지도록 한숨을 내쉬었다.

"으이그, 못 살아! 왜 부끄러움은 항상 우리 몫인데?"

주아와 현담은 청류의 팔을 하나씩 붙잡고 장지문 밖으로 끌고 나갔다. 강제로 연행된 청류는 자기가 무슨 잘못을 했냐며 끈질기게 반항했다.

"자, 그럼. 거두절미하고 본론부터 말씀드리겠습니다."

한동안 소란하던 바깥이 겨우 잠잠해지고 나서야, 백연은 정색하며 목소리를 깔았다. 그리고 백연의 입에서 흘러나온 말은 정말이지, 생각지도 못한 것이었다.

운명의 아이

정오의 햇빛이 커튼 틈으로 새어 들어왔다. 지유는 이불을 머리끝까지 끌어당겼다. 다시 잠들만 하니, 이번에는 채소 장수 트럭에서 흘러나오는 메가폰 소음이 훼방을 놓았다.

"싱싱한 양파! 저장용 햇양파! 양파, 양파, 양파!"

짜증이 치민 지유는 이불을 걷어 내고 벌떡 일어났다.

"망했어! 그만둔다고 문자 보내고 곧장 튀었어야 했어!"

자고 일어나면 모든 게 꿈이기를 바랐다. 하지만 손가

락에 끼워진 반지가 그대로인 걸 보니 꿈이 아니었다.

'팔찌는 꼭 찾아서 돌려드린다고 약속하지요. 대신, 이 반지를 드리겠습니다. 그 팔찌만큼 강력한 기운이 깃든 반지입니다.'

강력한 기운이라는 게 뭐냐고 묻자, '담대함'이라고 했다. 담대함은 무슨. 급한 김에 아무 말이나 둘러댄 게 틀림없었다. 어쨌든 주니까 받기는 했는데, 영 취향에 맞지 않았다. 백연이 준 반지는 꼭 문방구에서 파는 구슬처럼 생겨서, 유치원 다니는 옆집 꼬마라면 몰라도 열일곱 여고생이 끼고 다니기에는 퍽 유치해 보였다.

"일단 빼서 잘 놔둬야…… 어? 왜 안 빠져?"

그런데 아무리 힘을 주어도 반지가 손가락에서 빠지지를 않았다. 보일러를 빵빵하게 튼 실내에서 콧등에 땀이 맺히도록 안간힘을 썼지만, 반지는 꿈쩍도 하지 않았다.

"헐!"

괜한 오기가 발동했다. 얼른 화장실로 달려가 비누칠도 해 보고, 샴푸로 거품도 내 보고, 식용유까지 총동원해 보았으나 어떤 방법도 통하지 않았다.

"우리 사장님께서 절대 반지를 주셨구나. 어쩜 이렇게

딱 맞는 걸 주셨는지."

지유는 긴 머리카락을 어수선하게 쓸어 넘겼다. 환장할 노릇이었다. 그러나 진짜로 기막힌 일은 따로 있었다.

'이제부터 지유 양이 원혼의 한을 풀어 주셔야겠습니다.'

백연의 말이 계속해서 지유의 머릿속을 어지럽혔다. 내가 견자라고? 백 년에 한 명꼴로 태어나는 운명의 아이라고? 겨울방학을 맞이해 아르바이트라도 할 요량으로 들어간 고서점이었다. 공부는 애초에 재능이 없으니 통과! 대신 스스로 용돈이라도 벌어서 집에 보탬이 되고 싶었던 것뿐인데.

'만에 하나 원서(怨書)에 봉인한 원혼들을 임의로 풀어 주거나 책을 없애 버리면, 엄청난 세력의 악귀가 되어 세상을 혼란에 빠뜨릴 겁니다. 이승과 저승의 평화와 질서를 지키기 위해서는, 반드시 원혼의 한을 풀어 주어 정화된 망령을 저승으로 곱게 돌려보내야 합니다.'

이것이 바로 사방신이 백 년이나 견자를 기다려 온 사연이었다. 백연이 말하길 오직 견자의 눈에만 원혼 책의 내용이 보일 뿐만 아니라, 망자의 아픔을 온전히 공감할 수 있다고 했다.

"미치겠다……."

돌연히 책에서 봤던 민주의 슬픈 얼굴이 눈앞에 아른거렸다. 지유는 이불을 덮어쓰고 다시 침대에 누웠다. 머리가 터져 나가기 일보 직전이었다.

✱

화르르 불길이 치솟았다. 우묵한 무쇠 프라이팬 위로 갖가지 재료가 춤추듯 날아올랐다. 프라이팬을 능숙하게 다루는 백연의 입가에 옅은 미소가 고여 있었다.

식탁에 앉아 턱을 괴고 백연의 듬직한 등을 바라보던 주아가 물었다.

"다 돼 가?"

무슨 요리를 하는지는 몰라도 풍겨 오는 냄새가 식욕을 자극했다.

"이제 접시에 담기만 하면 돼. 주아, 넌 가서 청류나 깨워 줘. 현담은 외출한다고 했으니까."

"상전이 따로 없네."

주아는 투덜대며 연못이 있는 뒷마당으로 향했다. 연못을 가만히 들여다보다가 심호흡한 뒤, 큰 소리로 청류를 불렀다.

"어지간히 숙면 중인가 보네. 너란 놈은 덩치는 산만 한 게 체력은 참 저질이다. 그럴 거면 운동은 왜 하니?"

안 되겠다 싶어, 근처 조약돌 하나를 주워 냅다 물속에 던졌다. 몇 초를 기다려 봤지만, 수면은 고요하기만 했다. 이번엔 좀 더 큰 돌을 풍덩 빠뜨렸다. 그 순간, 연못을 빠져나온 거대한 용이 승천할 기세로 용틀임을 하며 거친 물보라를 일으켰다.

미처 피하지 못한 주아는 고스란히 물벼락을 맞았다. 머리며 옷까지 흠뻑 젖은 거로도 모자라, 땅에 고인 흙탕물까지 튀는 바람에 주아의 꼴은 순식간에 엉망이 되고 말았다.

주아는 단전에서 힘을 끌어올려 고함을 내질렀다.

"야! 너 일부러 그런 거지!"

새된 목소리가 온 집 안에 쩌르렁하게 울렸다.

"멀쩡한 침실 놔두고 왜 꼭 연못에 들어가서 자는 건데? 내가 저 자식 때문에 단명할 거 같다니까! 이게 뭐냐고, 진짜!"

큰 소리가 나기에 밖으로 나와 본 백연이 타이르듯 말을 건넸다. 물론 타이른다고 해결될 일은 아니었다.

"신은 죽지 않지만, 네 말뜻은 충분히 알 것 같다. 그래도 어쩌겠어. 괜히 잠룡(潛龍)이려고?"

"요괴 한 마리 때려잡을 때마다 연못에 들어가야만 체력이 회복된다니, 심하게 유별난 거 아니야?"

주아는 푹 젖은 머리카락을 신경질적으로 짜냈다. 물방울이 후드득 떨어진 발밑에 자그마한 웅덩이가 생겼다.

"씻고 밥 먹자."

"근데 앤 어디 갔어?"

"너한테 맞을까 봐 어디 숨어서 눈치 보고 있겠지."

백연은 늘 그렇듯 담담한 표정이었지만, 자세히 보면 입꼬리가 조금 올라가 있는 것도 같았다.

"참, 그 애는? 지유라고 했던가?"

"나름 알아듣게 말은 해 줬어. 생각할 시간을 달라고 했으니 기다려 보는 수밖에."

"어째 인간들은 반응이 하나같이 똑같다니? 생각한다고 뭐가 달라져? 이게 다 자기계발서 때문이라니까."

"자기계발서가 왜?"

"자신의 운명은 스스로 개척하는 거라는 둥 헛소리를 해 대니까 정말로 그딴 말을 믿는 사람들이 있는 거잖아, 안 그래?"

"피할 수 없다면 즐겨라. 그런 말도 있지. 그 아인 틀림 없이 올 거야. 어쩌면…… 예상보다 빨리 올지도."

"오호라. 너답지 않게 실실 쪼갠 이유가 그거였어?"

"내가 언제?"

백연은 쓴웃음을 지었다. 그러자 주아가 팔꿈치로 그의 옆구리를 쿡 찌르며 물었다.

"뭔데? 장담하는 걸 보니까 확실히 뭐가 있는 거지?"

"운명은 시간이 걸리더라도 언젠간 받아들일 테지만, 좀 더 신속한 결심을 도와줄 미끼를 던졌다고나 할까."

"미끼?"

"우리 견자님께서 그 미끼를 잘 물어 주셔야 할 텐데 말이야."

백연의 시선이 닿은 먼 하늘에 푸른 용 한 마리가 흰 구름 사이를 가르며 배회하고 있었다.

✱

어둑어둑해진 하늘에서 햇솜처럼 희고 탐스러운 눈송이가 펄펄 내려와, 금세 골목길을 하얗게 뒤덮었다. 지유가 지나온 하얀 길에 까만 발자국이 일정한 간격으로 찍혀 있었다. 생각을 정리하려 부러 먼 길로 돌아가는 중이었다.

'어쩌지?'

한참 고민하고 있을 즈음, 등 뒤에서 걸걸한 남자 목소리가 났다.

"아가씨, 나랑 좋은 데 갈래?"

치한인가 싶어 지유는 흠칫 놀랐지만, 애써 무시한 채 앞만 보고 계속 걸었다. 이럴 땐 피하는 게 상책이었다.

"그러지 말고. 나랑 좋은 데 가자니까?"

그런데도 남자는 끈질기게 따라왔다. 지유는 걸음을 재촉했다. 남자의 발소리도 조금씩 빨라졌다.

'왜 자꾸 쫓아와?'

시커먼 불안이 덮쳐 왔다. 골목길에 하나뿐인 가로등마저 가물거리며 꺼지려 했다. 지유는 주먹을 틀어쥐고 마른침을 꿀꺽 삼켰다. 가는 날이 장날이라고, 가까운 길 놔두고 왜 하필 다니지 않는 길로 왔을 때 이런 일이……. 여기서 지구대까지는 뛰어가도 십 분은 걸렸다.

'괜찮아. 아무 일도 없을 거야.'

자기최면을 걸며 뽀드득뽀드득 씩씩하게 발을 내디뎠다. 기분 탓인지 아닌지, 어느 시점부터는 지유의 발소리만 들리는 것 같았다. 다행히 남자는 포기하고 가 버린 모양이었다. 확인하려 잠시 멈춰 서는데, 가 버린 줄 알았던 남자가 어깨에 손을 스윽 올리며 귓가에 대고 말했다.

"아가씨, 내 말 안 들려?"

끄르륵끄르륵 가래 끓는 목소리에 지유의 온몸에 소름이 끼쳤다.

더는 참을 수 없었던 지유는 남자의 팔뚝을 잡고 어깨 너머로 단번에 엎어 쳤다. 퍽 하며 바닥에 고꾸라진 남자가 외마디 신음을 토했다.

"윽!"

"엄살 부리지 말고 얼른 일어나. 아직 시작도 안 했어."

지유는 막간을 이용해 가볍게 목과 손목 위주로 몸을 풀었다. 그러나저러나 남자의 복장이 묘하게 신경에 거슬렸다. 남의 패션 가지고 뭐라고 하긴 좀 그렇지만, 엄동설한에 한복, 그것도 저고리와 바지만 달랑 입은 채였다. 심지어 미용실 갔다 온 지도 한참은 된 것 같은 더벅머리 남자는 비틀비틀 일어나더니 기분 나쁘게 웃었다.

'이 남자, 아니 이거…… 뭐야?'

다시 보니 지유 앞에 서 있는 남자는 몸이 절반밖에 없었다. 정확히 말하자면 머리, 팔, 다리가 왼쪽만 있었다. 남자의 괴괴망측한 겉모습도 놀랄 노 자였지만 그보다 놀라운 사실이 있었다. 여느 때 같으면 걸음아 나 살려라 하며 줄행랑을 쳤을 텐데, 지금은 어찌 된 일인지 하나도 무섭지 않았다.

"큭큭. 아가씨, 인제 보니 보통 인간이 아닌가 봐?"

하나뿐인 눈알에서 뿜어져 나오는 음험한 눈빛도 아무렇지 않았다. 사장님이 준 반지 때문인가? 사장님 말대로 이 유리구슬 반지에 '담대함'이 깃들어 있기라도 한 걸까.

"그러는 넌 뭔데?"

"당돌한 아가씨네. 자꾸 그렇게 까불면 후회할 텐데."

"내가 말이야, 어려서부터 단증 따는 게 취미거든? 유단자라 보통 사람은 웬만하면 안 건드리는데, 넌 딱 보니까 보통 사람이 아니네. 그만 나불거리고 덤벼."

지유는 평소라면 상상하지도 못할 대사를 거침없이 내뱉었다.

"까불지 말라 그랬지!"

악에 받친 반쪽짜리 남자가 한쪽 팔을 길게 뻗어 지유의 목을 움켜잡았다. 컥. 미처 피할 새가 없었다. 하지만 지유는 침착하게 남자의 손목을 잡고 양팔을 기지개 켜듯 뒤로 힘껏 당기며 급소를 걷어찼다.

이런 상황에서는 현란한 기술 따위는 필요하지 않았다. 모양이 좀 빠지더라도 이 방법이…….

"뭐야, 안 먹히잖아!"

남자는 급소를 맞고 미동도 하지 않았다. 오히려 성질만 건드렸는지 더욱 악랄하게 목을 죄어 왔다.

"별것도 아닌 게……."

남자는 손아귀에 힘을 실어 지유를 번쩍 들어 올렸다. 아등아등 발길질해 봤지만, 허공에서 애처로운 제자리걸음만 할 뿐이었다. 숨이 막히다 못해 목뼈가 으스러질 것 같은, 생전 처음 느껴 보는 고통이었다.

그 무렵, 골목 저편에서 백연이 반쪽짜리 남자보다 무

서운 얼굴을 하고 달려왔다.

"감돌이 네 이놈!"

백연의 사자후에 사색이 된 남자는 순간적으로 악력이 풀려 손을 놓아 버리고 말았다.

"켁켁……"

바닥에 나동그라진 지유는 처절한 얼굴로 목을 매만 졌다. 조금만 늦었더라도 숨 막혀 죽거나 목이 부러져 죽 었을지도 모르는 일이었다.

"배, 백호 님!"

납작 엎드려 절을 하는 남자의 외로운 손이 바들바들 떨리고 있었다. 감히 고개도 들지 못할 만큼 겁을 집어먹 은 모양새였다.

"네놈이 정녕 죽고 싶은 것이냐? 일전에 분명 경고했을 텐데. 인간은 건드리지 말라고……"

백연의 날카로운 시선이 남자의 정수리에 갈고리처럼 박혔다. 옆에서 듣고 있던 지유마저 한기를 느낄 만큼 냉 정한 언사였다.

제 딴에는 분했는지 남자는 눈 바닥에 코를 처박은 상 태에서도 악다구니를 써댔다.

"그, 그것이…… 저 아이는 보통 인간이 아닙니다!"

고고한 선비 같던 백연이 벌컥 성을 냈다.

"예를 갖추지 못할까. 저분은 네놈이 함부로 입에 올릴 수 있는 그런 분이 아니란 말이다!"

기개에 눌린 감돌이는 가까스로 목소리를 짜내어 되물었다.

"그런 분이 어떤 분이신지……."

"견자님이시다."

그 한마디에, 감돌이는 약빠르게 태세를 전환했다.

"아이고, 제가 몰라뵀습니다! 죽여 주십시오!"

지유는 저를 향해 연거푸 속죄의 절을 하는 남자를 망연히 바라봤다. 어처구니가 없었다. 죽일 듯이 목 조를 땐 언제고.

"잘못했습니다. 한 번만 살려 주시면 다시는! 이쪽에 얼씬도 하지 않겠습니다. 그러니 제발 목숨만은……."

"이번이 마지막 경고니라. 가거라."

"감사합니다, 송구합니다!"

감돌이는 저고리 자락을 펄럭거리며 외발로 콩콩 뛰어 골목의 캄캄한 그림자 속으로 사라졌다.

"괜찮습니까, 지유 양?"

그제야 백연은 예의 부드럽고 평온한 얼굴로 돌아왔다. 조금 전 그 사람이 맞나 싶을 정도로 딴판이었다. 아니지. 지금이 지유가 알던 백연이고, 아까가 딴사람 같았다.

"켁켁. 죽다 살았어요. 사장님은 어떻게 알고 오셨는데요? 천 리 앞도 내다보고 그러시는 거예요?"

"두부 사러 가던 길이었습니다. 단골 마트가 요 앞이라."

"두부요?"

"오늘 저녁 메뉴는 마파두부로 정했거든요. 그런데 메인 재료인 두부 사는 걸 잊어버려서……."

무슨 큰 잘못이라도 저지른 사람처럼 백연의 얼굴에 낭패감이 가득 번졌다.

"아무튼 무사해서 다행입니다만, 다음부턴 이 길로 다니지 않는 게 좋겠습니다. 여기까지는 결계를 쳐 두지 않아서 위험합니다. 원래 다니던 길로…… 다니면 될 텐데, 오늘은 왜 이 길로 오셨습니까?"

"아는 오빠가 잠깐 좀 보자고 해서요. 그 오빠 집이 저쪽 어디쯤이라……."

지유는 고갯짓으로 옆 골목을 가리켰다. 급조한 변명이었지만 완전히 지어낸 이야기는 아니었다. 그러나 백연은 믿지 않는 눈치였다.

"진짠데."

"친한가요?"

지유는 퉁명스럽게 대꾸했다.

"그건 왜요?"

지유는 오늘따라 사람의 속마음을 꿰뚫어 보는 듯한 백연의 눈매가 유독 신경 쓰였다.

"말씀드렸다시피 이 길은 위험합니다. 자주 보는 사이가 아니라면 당분간 멀리하십시오. 오늘은 마침 제가 지나는 중이었기에 망정이지, 이런 우연이 항상 일어난다는 보장은 못 합니다. 저도 저대로 바쁘니까요."

"네."

"예전에는 저런 것들이 눈에 안 보여서 거리낌 없이 다닐 수 있던 겁니다. 그렇지만 이제 상황이 바뀌었습니다."

"무슨 상황이요?"

"감돌이 녀석이 지유 양이 견자라는 사실을 알게 되었으니, 조만간 온 마을에 소문이 퍼지겠지요. 간혹 흑심을 품고 기회를 노리는 놈들도 있을 거고요."

흑심은 뭐고 기회를 노린다는 건 또 무슨 뜻인지. 백연은 늘 그렇듯 알아들을 수 없는 말만 골라 했다.

"그런 얘기는 아까 그 싹수없는 반쪽짜리 괴물에 대해 먼저 말한 다음에 해 주셔야 하는 거 아닌가요? 저 농담 아니고 실제로 죽을 뻔했거든요?"

지유는 눈살을 찡그리며 욱신거리는 목을 주물렀다. 그 모습을 보고 있으려니 백연의 속이 타들어 갔다.

"그러니 싸움은 피하셨어야지요. 그놈은 지유 양의 상대가 아닙니다. 비록 성품이 양아치 같은 게 흠이지만, 힘도 장사고 무술 실력도 아주 뛰어난 요괴란 말입니다."

백연의 시선이 잠시 흔들렸다. 듣기 싫어도 어쩔 수 없었다. 다시는 이런 일이 생기지 않도록 단단히 일러두는 수밖에.

"사장님, 방금 뭐라고 하셨어요?"

그러나 백연의 결심은 얼마 못 가 무너지고 말았다. 지유가 어찌나 눈을 동그랗게 뜨고 대드는지, 백연은 점점 의기소침해졌다.

"무술 실력이 뛰어나다고……."

"아니, 그거 말고요."

"양아치?"

"맨 마지막에요."

"아, 요괴 말이군요."

"요, 요괴요?"

지유는 이마를 짚었다. 갑작스레 눈앞이 어찔했다. 제발 잘못 들은 것이기를 바랐으나, 백연의 표정은 더할 나위 없이 진지하기만 했다.

✳

"사장님! 이 반지요. 업그레이드 좀 시켜 주시면 안 돼요? 담대한 마음만 있으면 뭐 하냐고요. 그에 상응하는 힘이 없는데. 이건 사양이 너무 낮아요."

지유가 부루퉁한 얼굴로 투정을 부렸다.

"요괴한테 당한 게 그렇게 원통합니까? 몇 번을 말씀드려야 할까요. 제아무리 공인 유단자라 해도 인간 세계에서나 통할 뿐입니다. 당부하건대, 요괴들 때려잡는 건 저희한테 맡기십시오."

김이 모락모락 나는 커피 두 잔을 탁자에 내려놓는 백연의 동공이 세차게 흔들렸다.

"아까 그 요괴는 그냥 보내 줬잖아요."

지유는 입술을 비죽이며 애먼 반지만 만지작거렸다.

"잘 들으십시오. 이 세계에는 세 종류의 요괴가 있습니다. 하나는 인간을 해치는 악한 요괴, 또 하나는 원혼에게 이용당하는 멍청한 요괴 그리고 마지막은 평범하고 선량한 요괴입니다."

백연은 올라오는 흥분을 가라앉히려 커피를 한 모금 마셨다. 그리고 가볍게 숨을 고른 뒤, 지유를 응시했다. 예상대로 뚱한 얼굴을 하고 있었다.

"사장님 말씀에 심각한 오류가 있는데요. 앞에 두 개는 그렇다 치더라도, 요괴 자체가 원래부터 평범함과는 거리가 멀지 않나요? 게다가 선량하다니⋯⋯."

역대 최고로 황당무계한 이야기였다.

"직접 겪어 보면 자연히 알게 될 겁니다. 앞으로 지유 양이 고서점에서 맞이하게 될 손님은 모두 요괴니까요. 자, 영업시간이 되었으니 출근하실까요? 여기까지 왔다는 건 마음의 결정을 내렸다는 뜻일 테니⋯⋯."

"예? 잠깐만요! 그런 말은 안 하셨잖아요!"

지유는 뒤통수를 된통 얻어맞은 기분이었다. 이건 명백한 취업 사기였다.

"어제는 첫날이기도 하고, 무엇보다 지유 양이 그런 능력을 갖추고 있는지 몰랐으니 말할 필요가 없었던 것뿐입니다. 저한테는 보여야 정상이고 지유 양한테는 안 보여야 정상이라고 했던 말, 기억나십니까?"

백연은 득의에 찬 미소를 지었다. 얼굴이 빨개진 지유는 말문이 막혀서 아무 말도 하지 못했다. 머리가 먹통이 된 느낌이었다.

"견자의 일은 피할 수 없는 운명이라고 하니까 일단 받아들이긴 하겠는데요. 요괴 손님 얘기는 따로 해야 하는 거 아니에요?"

"그렇지 않아도 말하려고 했습니다. 시급 백 프로 인상, 원혼 책 한 권당 상여금 지급, 시간 외 근무와 명절 보너스는 별도. 이만하면 적당할까요?"

백연의 제안이 뜻밖이었는지 지유는 모호한 웃음을 머금었다. 조금은 감탄한 표정이었지만, 티 내지 않으려 무던히도 애쓰는 표정이었다.

"뭐, 나쁘진 않네요. 셜록 홈스 초판본 주시겠다는 약속도 꼭 지키시고요. 아, 그리고 한 가지 말해 두겠는데요. 저는 원혼의 억울함을 풀어 주려는 거지, 초판본에 욕심 나서 그러는 건 절대! 아니니까 혹시라도 오해 같은 건 안 하셨으면 좋겠어요."

"안 합니다. 초판본은 제가 먼저 약속한 부분이니 염려하지 마십시오. 저 그 정도로 악덕 업주는 아니니까요."

그렇게 말해 주니, 지유는 한시름 놓이는 듯했다. 비록 일이 크게 꼬여 버리긴 했지만 말이다.

이토록 환한 밤에

　화월 고서점 간판에 불이 켜졌다. 현대식으로 개축한 복층 한옥은 사면이 통유리라 안에서 새어 나오는 불빛이 앞마당까지 훤히 밝혀 주었다.

　남다른 역사와 전통을 자랑하는 화월 고서점의 영업시간은 매일 밤 열시부터 다음 날 아침 여섯시까지였다. 요괴들의 움직임이 가장 활발해지는 시간이기도 했다.

　딸랑.

　풍경 소리와 함께 문이 열렸다. 얄궂게도 딱 그 타이밍에 굵은 빗방울이 우두둑 창문에 내리쳤다. 아무래도 마음의 준비를 해 두는 편이 좋을 것 같았다. 경험상 이런 날씨에는⋯⋯.

딸랑, 딸랑, 딸랑.

손님들이 한꺼번에 들이닥치곤 했으니까. 주택가 골목, 그것도 사람의 왕래가 거의 없는 골목 맨 끝자락. 주변은 적막하다 못해 음산한 분위기를 풍겼지만 희한하게도 고서점은 연일 문전성시를 이루었다.

'세상엔 인간에게 해를 끼치지 않는 요괴도 많습니다. 저희 고서점은 그 요괴들이 악한 요괴들로부터 몸을 숨길 수 있는 일종의 안전가옥인 셈입니다.'

"오늘도 만석이네."

백연의 말을 떠올리던 지유는 커다란 테이블에 모여 앉은 개성 넘치는 손님들을 찬찬히 둘러봤다. 그중에서도 입이 세 개에 머리가 하나, 몸통은 구렁이인 '삼구귀'와 큰 키에 삿갓을 쓰고 눈이 횃불처럼 이글거리는 '목여거'는 거의 매일 출근하다시피 하는 단골 중의 단골이다. 그런가 하면, 붉은 난삼을 입고 머리를 온통 풀어 헤친 '홍난삼녀'는 음침한 인상에 비해 소심한 성격인데, 오늘처럼 비가 오는 날에만 홀연히 나타나곤 했다.

새벽 세시쯤이 되자 손님들은 하나둘 떠나고, 마지막까지 남아 있던 홍난삼녀 역시 스윽 자리에서 일어났다. 아무렇게나 흘러내린 머리카락으로 인해 표정이 갑절은 음침해 보였다.

여자 요괴는 고서점을 나서기 전, 지유에게 바짝 다가와 속삭였다. 하지만 거의 들리지도 않을 만큼 작은 소리인 데다가, 고개까지 푹 숙인 탓에 입 모양조차 보이지 않았다.

"다행이네요. 비 많이 오니까 조심해서 가세요!"

그런데도 용케 말귀를 알아들은 지유는 싱긋 웃으며 문을 열어 주었다. 붉은 난삼을 입은 요괴는 일언반구 없이 빗속을 잘박잘박 걸어갔다.

조금 지켜보다가 문을 닫은 지유는 겨우 한숨을 돌렸다.

"휴, 이제야 한가해졌네. 도영아, 나중에 치우고 우리도 잠깐 쉬자."

기운이 쭉 빠진 지유는 의자에 철퍼덕 앉았다. 정신없이 바쁜 시간이 지나가자 노곤함이 들이닥쳤다. 몸은 천근, 눈꺼풀은 만근이었다. '공짜 차 서비스'를 시작한 다음부터 여기가 고서점인지 찻집인지 헷갈릴 지경이었다.

"누나는 쉬고 계세요. 제가 얼른 치울게요."

그사이 중학생쯤 돼 보이는 소년이 어느 틈에 쟁반과 행주를 들고 나타났다.

"너 없었으면 어쩔 뻔했어."

지유는 빈 찻잔을 치우는 그를 물끄러미 바라봤다. 도영은 얼마 전에 백연이 새로 영입한 요괴 아르바이트생이다. 요괴라고는 해도 겉모습만 놓고 보면 미소년이라 할 만한 인간 남학생이었다.

"참, 방금 나간 손님이 뭐라고 그런 거예요?"

"오늘따라 죽엽차가 제대로 우러나서 맛있었대."

"그게 그렇게 비밀스럽게 할 얘긴가?"

"남들이 들으면 안 되나 보지, 뭐."

"차는 내가 끓여서 줬는데 왜 누나한테 얘기하지? 그 손님은 누나만 좋아하는 거 같아요. 누나하고만 말하잖아요."

의아한 시선이 지유의 얼굴을 훑었다. 순진한 그 눈망울을 보고 있으려니 머릿속에 스치는 것이 있었다. 찰나의 찰나이긴 했지만, 어쩐지 미심쩍은 생각이 들었기 때문이다. 저 눈, 어디서 봤더라…….

"도영아. 예전에 우리, 어디서 만난 적 있던가?"

도영은 되레 천진하게 반문했다.

"어디서요?"

"하긴…… 그렇겠지? 그냥 해 본 소리야."

지유는 어색한 손길로 흘러내린 머리를 넘겼다.

"왠지 알 거 같아요. 저도 누나를 오래전부터 알고 있었던 것 같은 착각이 들 때가 있거든요. 누나도 그런 거죠?"

"진짜? 너도 그래?"

"가끔이요. 엇! 누나 반지 색깔이 또 바뀌었네요? 아까는 빨간색이었는데, 지금은 흰색이에요!"

도영은 뜬금없이 지유가 낀 반지에 격한 관심을 보였다. 꼭 일부러 화제를 돌리려는 것처럼.

'낯 간지러운 대화는 그만하자, 이거지?'

지유는 연하게 웃으며 제 손가락을 내려다봤다.

'담대함만으로는 부족한 듯하여 오상(五常)을 모두 넣었습니다. 제가 지닌 힘도 조금이나마 나누어 드렸고요. 갖고 싶다 하지 않았습니까. 그렇다고 남용하지는 마십시오. 어디까지나 호신용이니까요.'

백연이 작정하고 심혈을 기울여 업그레이드해 준 반지

84

에는 오상, 그러니까 사람이 항상 갖추어야 하는 다섯 가지 도리가 들어가 있었다. 어질고, 의롭고, 예의 있고, 지혜로우며 믿음이 있어야 한다는 '인의예지신(仁義禮智信)'이 그것이다.

"아, 이거? 시간에 따라 무작위로 바뀌는 거야."

"정직원 되면 나한테도 주시려나?"

도영이 부러운 눈길로 바라봤다. 보기보다 물욕 있는 녀석이란 생각이 들어, 지유는 쿡 웃음을 삼켰다. 도영은 이게 무슨 입사 기념 반지라도 되는 줄 아는 모양이었다.

고서점 안쪽에서 모습을 드러낸 백연이 말했다.

"도영 군은 이미 가지고 있으니, 필요치 않을 겁니다."

거의 동시에 돌아본 지유와 도영은 오셨어요, 가볍게 인사했다.

"제가 갖고 있다고요? 전 받은 적 없는데요?"

도영의 새카만 눈썹 주위가 미묘하게 꿈틀거렸다.

"도영 군에겐 이미 있는 게, 지유 양에게는 없어서 반지의 형태로 주었을 뿐입니다."

백연의 너그러운 말투에 도영은 마음이 조금 풀렸으나, 의문은 여전히 남은 채였다. 해서, 직접적으로 물었다.

"그게 뭔데요?"

"오상입니다."

"엇, 누나한텐 그게 없었다고요? 왜요?"

장난이 아니라, 진심으로 놀란 도영은 어깨를 움찔했다. 도영의 심정을 십분 이해한 백연은 소리 없이 웃었다. 분위기가 이상하게 돌아가고 있음을 직감한 지유는 도영을 갈퀴눈으로 째려봤다.

"그러니까 제 말은…… 없을 수도 있죠! 그게 뭐라고."

"사장님, 직장에서 알바생 때려도 돼요?"

지유가 단단히 주먹을 말아 쥐면서 묻자, 도영의 하얀 얼굴이 더욱 창백하게 변해 버렸다.

"당연히 안 됩니다. 잡담은 이쯤 하고, 도영 군은 이제부터 가게를 맡아 주세요. 혼자서도 문제없겠지요?"

"그야 문제는 없지만…… 누나는 어쩌고 저 혼자서요?"

"더 중요한 일이 있습니다. 본연의 임무라고나 할까요."

그 말에 지유의 가슴이 철렁 내려앉았다. 짐작한 일이었고 마음의 준비도 얼마든지 되어 있었지만, 그날이 오늘일 줄이야.

"저, 수습 기간 끝난 거예요?"

"그런 셈입니다. 가실까요?"

"네."

백연을 따라 걷는 동안 지유의 머릿속은 새하얗게 비워졌다.

✱

신관의 밤하늘엔 휘영청 밝은 보름달이 떠 있었다. 한겨울에도 꽃이 만발한 사랑채를 지나 외문을 들어서자 휑한 마당에 홀로 서 있는 단칸짜리 집 한 채가 눈에 띄었다.

"여긴 뭐 하는 곳이에요?"

지유의 물음에 백연은 군더더기 없이 답변했다.

"사당입니다."

"아, 신줏단지 모셔 놓고 제사 지내는 곳이요? 그런데 생각보다 허름…… 흠, 검소하네요."

눈앞에 있는 것은 낡디낡은 건물이었다. 심지어 초라해 보이기까지 했다. 말이 사당이지 홑처마에다가 한 사람이 겨우 들어갈 만한 쪽문, 모양새만 겨우 갖춘 창문이 전부였다.

"절제의 미학이라고 해 두죠."

혹시 절제의 뜻을 아느냐고 묻고 싶었는데, 타이밍을 놓쳐 버리고 말았다. 그런데 사당으로 들어선 지유의 눈이 단번에 커졌다.

'으응? 뭐지?'

실내에는 아무것도 없었다. 죽은 사람의 위패인 신주도 향불도 제단도 없었다. 그저 눈이 부실 만큼 환한 빛이 시작과 끝을 알 수 없는 무한대의 공간을 가득 채우고 있을 뿐 이곳은 엄밀히 말해 '무(無)'의 공간이었다.

"자, 여기 앉으시지요."

백연이 손가락으로 가리키자, 나무 의자와 긴 직사각형 테이블이 나타났다. 그 앞에 앉은 지유는 저도 모르게 옷자락을 꽉 쥐고 두리번거렸다. 언제 나타났는지 모를 삼인방도 그새 자리를 잡고 대기 중이었다. 청류는 동쪽, 주아는 남쪽, 현담은 북쪽에.

삼인방과 대충 눈인사를 마친 후, 지유는 조심스레 물었다.

"저기…… 죄송한데, 지금 뭐 하시는 거예요?"

백연은 당연하다는 듯 답했다.

"사방신의 소임을 다 하는 중입니다만."

"그러니까 그게 뭐냐고 묻는 건데요. 네 분이 술래잡기 하시려는 건 아니잖아요."

"아, 그런 뜻이었군요. 현담은 저승의 문을 여닫는 일을 하지요. 청류와 주아는 혹시 모를 사태에 대비해 지키고 있는 것이고요."

"혹시 모를 사태요?"

지유는 마른침을 꿀꺽 삼켰다.

"원혼이 악귀가 되는 경우입니다. 또 간혹 죄를 지은 원혼이 있는데 그때는 심판자인 현담이 저승이 아닌 지옥문을 엽니다. 청류는 그 원혼이 악귀로 변하기 전에 지옥으로 데려가는 역할을 담당하고 있고요."

"생각보다 살벌하네요……."

"꼭 그렇지만은 않습니다. 그러니 긴장 푸시지요."

별일 아니라는 말에 지유의 맥박은 되려 빨라졌다.

"서지유 양은 책에서 본 내용을 원혼에게 있는 그대로 설명해 주시면 됩니다. 만에 하나 무슨 일이 벌어지더라도 저희가 지키고 있으니 염려하지 마시고요."

백연이 품에서 꺼낸 책을 펼치려는 그 순간, 지유가 다급하게 소리쳤다.

"잠, 잠깐!"

어리둥절하고 불안하기 짝이 없는 모습이었다.

"왜…… 그러십니까."

백연의 입매가 어색하게 굳어졌다.

"안 되겠어요. 심호흡 좀 하고요."

지유는 후후 하하 거칠게 숨을 내뿜고 다시 들이마시기를 여러 차례 반복했다. 그러나 진정될 줄 알았던 심장은 오히려 호흡하면 할수록 곧 터지기라도 할 것처럼 뛰었다.

"진짜로 그 책에서 귀, 귀신이 튀어나온다고요?"

"귀신이 아니라 원혼입니다."

"그게 그거 아니에요?"

"말이 나온 김에 설명해 드리지요. 신은 초인적이고 초자연적인 신성한 존재입니다. 인간들에겐 신앙의 대상이고 말입니다. 그러나 귀(鬼)는 주술에 의해 사람들에게 쫓겨나는 존재이지요. 이롭다기보다는 해롭고, 당연히 신앙의 대상이 될 수 없으니 '귀신(鬼神)'이란 표현은 어불성설입니다."

"원혼은요?"

"원혼은 분하고 억울하게 죽은 사람의 넋이지요. 이해가 되셨습니까."

"아······."

지유는 무안했는지 뒤통수를 긁적였다.

"참고로, 지금 불러낼 원혼은 사령입니다. 그렇다고는 해도 생전의 모습 그대로일 테니 안심하십시오."

"흠흠! 사장님, 저 이제 준비됐어요. 책 펴져도 돼요."

"그럼 시작하겠습니다."

백연이 책을 펼치는 사이, 지유는 원혼이 어떤 식으로 등장할까, 오만 가지 상상을 하면서 침을 크게 한 번 삼켰다. 그런데 웬걸. 뿅! 하고 나타난다거나, 공포 영화처럼 자욱한 안개 사이로 모습을 드러낼 거라는 예상과 달리 원혼은 꽤 평범하게 등장했다. 마치 처음부터 그 자리에 앉아 있었던 것 같았다.

교복을 단정히 입은 여학생이 느릿하게 물었다.

"여긴······ 어디예요?"

상의 포켓에 달린 플라스틱 명찰엔 '조민주'라는 이름이 새겨져 있었다.

가까운 사이는 아니었다 해도, 중2 때 같은 반이었던 친구의 얼굴을 마주하고 있으려니 지유는 가슴이 아팠다. 이렇게 어린데. 파릇파릇 어리기만 한데.

지유가 되살아난 민주를 멍하니 바라보고 있을 즈음, 백연이 차분하게 운을 뗐다.

"이곳은 이승과 저승의 경계이며, 저희는 망자인 당신의 원한을 풀고 무사히 저승으로 인도하고자 모인 것입니다."

"제가…… 죽었다고요? 장난하지 마세요. 이렇게 멀쩡한데요?"

민주는 제 볼을 꼬집어도 보고, 팔도 주물러 보았다. 하지만 민주의 손은 야속하게도 신체를 휙휙 통과할 뿐이었다.

"이거 왜 이래요? 어어, 저 왜 이래요?"

"말씀드렸다시피, 조민주 씨는 사망하셨습니다. 받아들이기 어려우실 테지만, 이제는 받아들이셔야 합니다."

"아무것도 기억나지 않아요, 아무것도……. 내가 왜?"

민주는 급기야 서러운 눈물을 쏟아 냈다. 이전의 기억을 전부 잃어버린 민주는 지유조차 알아보지 못하는 눈치였다. 지유는 안타까운 눈으로 한참 바라보다가, 가까스로 말을 꺼냈다.

"잃어버린 기억, 내가 찾아 줄게요."

"네? 무슨 뜻이에요, 그게?"

"지금부터 하는 이야기는 저의 상상이나 추리가 아닌 원혼 책에 각인된 망자, 그러니까 당신의 마지막 기억에 관한 거예요. 어떤 기억에는 믿고 싶지 않은 진실이 포함되어 있을 수도 있고요. 그래도 듣고 싶나요?"

"알고…… 싶어요. 아니, 꼭 알아야겠어요."

민주는 겨우 감정을 추스르고 고개를 끄덕였다.

"네, 그럼."

지유는 자세를 고치고 앉아 자신이 책에서 보았던 장면을 천천히 떠올렸다. 등 뒤로 뭐라 설명할 수 없는 서늘한 기운이 느껴졌다.

✻

재개발을 앞둔 어수선한 동네에 땅거미가 내려앉았다. 오랫동안 텅 빈 채로 방치된 공방은 스산하게 불어오는 바람 탓인지, 유난히 황량하고 을씨년스러운 분위기를 풍겼다.

"괜찮아. 난 잘못한 거 없으니까……."

민주는 자못 비장한 표정으로 중얼거린 뒤, 녹슨 손잡이를 잡아당겼다. 끼이익, 열린 문 사이로 거미줄과 먼지로 뒤덮인 으스스한 광경이 펼쳐졌다. 조심조심 한 발씩 내딛는 얼굴이 잔뜩 굳어 있었다. 안쪽으로 더 들어가 보니, 웅성거리는 소리가 들려왔다.

민주는 가느다랗게 떨리는 목소리로 말했다.

"나 왔어."

그러자 짧은 교복 치마를 입은 여섯 명의 아이가 하이에나 무리처럼 민주를 빙 둘러쌌다.

"나 알바 가야 해. 할 말 있으면 빨리해."

용기를 내 보는 민주였지만, 손바닥에는 땀이 흥건히 배 있었다.

"알바? 얘, 진짜 돈 좋아하나 봐. 그치?"

센터를 차지한 혜나가 찌릿 노려보며 비아냥거리자, 나머지 아이들도 저마다 한마디씩 보태며 비난을 이어 갔다.

"아무리 돈에 환장했어도 그렇지. 친구 지갑에 손대는 건 좀 아니지 않아?"

"너 진짜 거지새끼야?"

"어휴, 근처에만 있어도 햄버거 냄새가 진동한다. 넌 샤워도 안 해? 집에 물이 안 나오니? 너 완전 냄새 쩐다고."

"그만해, 얘들아. 쟤 쫄았잖아."

뭐가 그리 즐거운지 아이들은 서로의 얼굴을 쳐다보며 키득거렸다.

"말이 너무 심한 거 아냐? 그리고 몇 번을 말해. 지갑 안 훔쳤어. 그런 짓 안 한다고, 난!"

민주가 거의 울 것 같은 표정으로 소리 질렀다. 억울하고 분했다. 정말 지갑 같은 건 훔치지 않았는데. 내가 그런 게 아닌데.

"네가 훔치는 거 본 사람 있어. 그래도 잡아뗄래?"

혜나가 아니꼬운 듯이 쳐다보며 코웃음을 쳤다.

"생사람 잡지 마. 그거 다 너희가 지어낸 얘기잖아. 나한테 덮어씌우려는 거 맞잖아, 돈 뜯어내려고."

말하는 민주의 목소리가 갈라졌다. 눈은 혜나를 정면으로 바라보지도 못했다. 폐가 가슴뼈를 뚫고 나올 것처럼 숨이 가빠졌다.

"소설가 나셨네. 넌 내가 양아치로 보이니?"

혜나가 쩍쩍 씹던 껌을 퉤, 뱉어냈다. 민주는 대답하지 않았다.

"허! 어이없다, 진짜. 내가 있지도 않은 일을, 너한테, 뒤집어씌우는 거다? 돈 뜯어내려고?"

음절마다 손가락으로 민주의 명치를 콕콕 찌르는 혜나의 얼굴이 시뻘겋게 달아올라 있었다.

"돈 필요해서 그런 거면…… 빌려줄게. 얼마면 돼?"

민주의 말이 끝나기 무섭게 손바닥이 날아왔다. 눈앞에 번쩍 불꽃이 일어나는가 싶더니, 얼마 지나지 않아 뺨에서 얼얼한 통증이 느껴졌다.

"빌려줘? 누가 누굴 거지새끼 취급하는 거야, 도둑 주제에. 너 말로는 안 되겠구나?"

혜나가 눈짓을 보내자, 빙 둘러싸고 있던 아이들이 기다렸다는 듯 민주를 때리고 짓밟기 시작했다. 바닥에 고꾸라진 민주는 저항 한번 해 보지 못하고 계속 맞기만 했다.

"내가 그런 거 아니야. 믿어 줘, 얘들아!"

아무리 애원해 봐도, 돌아오는 건 욕설과 저주 그리고 무자비한 발길질뿐이었다. 민주는 앙상한 두 팔을 교차하여 제 몸을 꽉 안았다. 온몸이 뜨거웠다. 구둣발이 복부와 얼굴을 강타할 때마다 민주는 양어깨를 더욱 꼭 끌어 감쌌다. 팔꿈치 부근에서 심장 고동이 희미하게 전해졌다. 찢기고 터져 참혹하게 망가져 버린 눈가에서는 피눈물이 왈칵왈칵 쏟아졌다.

'조금만 더 버티면 돼. 금방 끝날 거야. 다 지나갈 거야……'

생각하던 그때, 둔탁하고도 날카로운 충격이 머리 쪽 깊숙이 가해졌다. 민주의 몸이 고압 전기에 감전된 사람처럼 얼마간 움칠움칠하더니, 곧 팔이 풀리면서 힘없이 떨어져 내렸다.

이상한 낌새를 눈치챈 혜나가 소리쳤다.

"야! 그만!"

쌕쌕거리던 아이들도 그제야 뭔가 잘못됐다는 걸 알아차렸는지, 미동 없이 웅크리고 있는 민주를 가만히 내려다봤다.

"죽은 거 아냐?"

"야, 사람이 그렇게 쉽게 죽는 줄 알아?"

"숨 안 쉬는 거 같은데? 어떡해, 혜나야?"

공방은 때아닌 정적에 잠겼다. 누구도 예상치 못한 상황이었다. 혜나는 손톱을 잘근잘근 물어뜯으며 주위를 슥 둘러봤다. 마침 고장 난 전기 가마가 시야에 들어왔다. 저기에다 숨겨 놓으면 들키지 않을 것 같았다.

"얘들아, 도와줘. 빨리!"

혜나가 민주의 축 늘어진 다리를 다급히 들어 올렸다. 옆에 있던 아이들도 우왕좌왕하다가 결국엔 거들고 나섰다. 전기 가마 속에 민주를 집어넣고 뚜껑까지 닫아 버린 아이들은 뒤늦게 아연실색하며 공방을 뛰쳐나갔다. 돌아보는 아이는 한 명도 없었다. 단 한 명도.

✳

"어떻게 나한테 그럴 수가 있어요. 어떻게…… 정말 너무해요…….'

제 사연을 알게 된 민주의 어깨가 속절없이 흔들렸다.

지유는 손수건을 건네며 담담하게 말했다.

"이거 쓰세요."

마음 같아서는 얼싸안고 펑펑 울고 싶었는데, 그럴 수 없는 처지라 가슴이 미어졌다.

'서지유 양이 동요하거나 동정하는 순간, 원혼은 악귀로 변할 가능성이 커집니다. 삶에 대한 미련을 영원히 버리지 못하게 되니까요. 반드시 주의하셔야 합니다.'

민주가 일했던 햄버거 가게에는 종종 들렀다. 어느 날부터인가 보이지 않기에 알바를 그만뒀다고만 생각했는데, 이런 식으로 다시 만나게 될 줄 누가 알았을까.

"조민주 씨를 그렇게 만든 이들은 어떤 식으로든 그에 합당한 벌을 받게 될 거예요. 반드시요. 그러니까 민주 씨는 다 잊고 편안한 마음으로 떠나세요. 그게 본인을 위한 일이에요."

"하지만……."

말끝을 흐리는 민주의 표정이 복잡하기만 했다.

"알아요. 화도 나고, 슬프고, 억울하고, 당한 만큼 복수하고 싶겠죠."

지유는 민주의 얼굴을 조마조마한 심정으로 바라봤다. 정확히는 표정의 변화를 관찰하는 중이었다. 혹시라도 나쁜 마음을 품고 악귀로 변하는 게 아닐까 해서.

"엄마…… 우리 엄마가 혼자 계세요."

그런데 민주가 한 말은 너무도 뜻밖이었다. 지유의 입에서 짧은 탄식이 흘러나왔다. 어떤 말을 해야 할지 조금 막막해서 턱을 치켜들고, 시선을 높게 두었다. 붉어진 눈시울에 금방이라도 떨어질 듯이 눈물이 그득 고였다.

"흠, 어머니는 걱정하지 마세요. 생각보다 잘 지내고 계시니까요. 밥도 잘 드시고, 일도 열심히 하시고, 밤에 잠도 잘 주무세요. 물론 따님을 그리워하는 마음이야 어마어마하겠지만, 그래도 잘 이겨 내고 계세요."

지유가 민주 어머니를 마지막으로 본 건 중2 때였으나, 지금으로서는 선의의 거짓말을 할 수밖에 없었다.

"아, 다행이다……. 정말 다행이다……."

민주는 그제야 말간 미소를 지으며 안도의 눈물을 흘렸다. 그때, 백연이 탁자 위에 새하얀 컵을 내려놓으며 말했다.

"그러면 저희는 채비하겠습니다. 기다리는 동안 이것을 드시지요. 생의 한을 정화해 주는 정수입니다."

민주는 눈물을 훔치고는 묵묵히 정수를 마셨다. 그러

는 사이, 현담이 저승문을 활짝 열었다. 문틈을 뚫고 나온 나룻배 한 척이 허공을 헤치며 유유히 다가왔다.

"부탁함세."

백연은 뱃사공에게 미리 준비한 뱃삯의 광옥(光玉)을 건넸다. 광옥은 망자를 태운 배가 삼도천을 건널 때까지 어둠 속에서 길을 잃지 말라고 주는 구슬이었다.

"이자가 저승까지 데려다줄 겁니다. 타시지요."

"감사합니다, 여러분……."

민주는 허리 숙여 인사한 뒤 배에 올랐다. 사방신도 답례로 정중히 고개를 숙였다.

'잘 가, 민주야.'

지유가 손을 흔들어 인사하려던 찰나, 뱃사공이 허공에 대고 노를 저어 배의 방향을 틀었다. 나룻배는 강렬한 빛을 향해 스르르 나아갔다. 사방신과 지유는 한참 동안 우두커니 그 자리에 서 있었다. 그리고 더 이상 아무것도 보이지 않게 되었을 무렵, 가죽 책자에서 진한 초록빛이 뿜어져 나오는가 싶더니 이윽고 소멸했다.

책도, 원혼도.

믿어야만 보이는 것들

다음 날, 화월 고서점 사무실.

청류가 두 번째 햄버거에 손을 뻗으며 말했다.

"역시 햄버거는 꼭 새벽에 먹어야 이 맛이 난다니까?"

"어제 점심에도 똑같은 소리 했거든?"

주아가 한심하다는 눈으로 쳐다봤다.

청류가 다 씹지도 않고 물었다.

"내가 그랬나? 그래도 이 집 햄버거는 안 질린단 말이야. 아, 그 원혼이 여기서 알바했었다 그랬지?"

"민주예요. 조민주."

그냥 넘어가려다 왠지 마음에 걸린 지유가 바로잡아 주었다. 그랬더니 청류의 얼굴이 싸늘하게 식었다.

"이봐, 견자님. 첫 사건부터 중학교 동창을 맞닥뜨려서 기분이 거시기한 건 내 알겠는데, 원혼한테 일일이 감정 이입 하면 안 된다고 사장이 안 알려줬어?"

"아는데요. 그래도 이제 한 풀고 저승 갔으니 원혼 아니 잖아요."

"뭐, 암튼! 냉정해지란 말씀이야. 알아들어?"

청류는 속이 타는지 콜라를 벌컥벌컥 마셔 댔다. 그사 이 주아가 재빨리 화제를 돌렸다.

"조마구가 그 햄버거집에 나타난 이유가 이제야 설명 되네. 가마솥에 갇혀서 불타 죽은 조마구, 죽은 뒤에 전기 가마에 갇힌 불쌍한 아이. 얼마나 한이 맺혔으면 요괴까 지 끌어들였을까?"

백연이 냅킨으로 입가를 닦으며 나지막이 말했다.

"끌어들인 게 아니라, 조마구가 그 애 혼을 잡아먹은 거 야. 좋은 먹잇감이었을 테니."

"아, 참! 그 땡인가 뭔가 하는 놈은? 현담, 너 아는 거 없 냐?"

"조마구 덕도 못 보니, 당연히 은퇴했지."

"그럼 그렇지! 그럴 줄 알았어! 으하하하!"

청류가 갑자기 폭소를 터뜨리자 현담은 영문을 모르겠다는 듯 설레설레 고개를 저었다.

"지유 양, 괜찮습니까? 안색이 안 좋아 보이는데요."

백연은 오늘따라 말이 없는 지유가 신경 쓰였다. 지유는 골똘히 생각에 잠기더니, 곧 무언가를 깨달았다는 듯이 대답했다.

"청류 님이…… 제 햄버거까지 다 드셨어요. 콜라도요."

그 말을 들은 주아가 청류의 등짝을 향해 있는 힘껏 스매싱을 날렸다.

"내가 못 살아! 야, 빨리 하나 더 시켜! 애 울기 전에!"

"악!"

청류의 면상이 재활용 캔처럼 찌그러지던 그때, 어디선가 둥둥둥 하는 북소리가 들려왔다. 백연의 눈이 놀란 듯 조금 커지다가 이내 날카롭게 번뜩였다.

"이게 무슨 소리예요, 사장님?"

덩달아 놀란 지유가 허둥지둥 좌우를 살폈다.

"자명고가 울려서…… 먼저 실례하겠습니다."

사인방은 자초지종도 설명하지 않고 황급히 자리를 떠났다. 아니, 순식간에 눈앞에서 사라져 버렸다.

"웬 자명고?"

설화에나 나오는 전설의 북이 실존한다는 사실이 새삼 신기하기만 했다. 것보다 어디 전쟁이라도 났나 싶어 불안한 마음이 들었지만, 지유는 곧 도리질하며 정신을 가다듬었다.

"명색이 사방신인데 어련히 알아서 하시려고. 아, 배고파. 내 햄버거……."

지유는 아쉬운 마음에 남아 있는 프렌치프라이를 손에 잡히는 대로 입 속에 욱여넣었다.

＊

현장에 도착한 사방신은 아수라장으로 변해 버린 광경과 맞닥뜨리고 좀체 입을 다물지 못했다. 자명고가 울리자마자 순간 이동 능력까지 써 가며 출격했건만, 도착했을 땐 이미 걷잡을 수 없는 상황으로 번져 있었다.

폐차장을 휘젓고 다니는 포악한 요괴는 고철이 된 자

동차를 닥치는 대로 집어삼키는 중이었다. 먹어 치운 차의 수만큼 몸집도 점점 커져 갔다. 건물 옥상에서 그 모습을 지켜보는 사방신의 만면엔 경악과 당혹감이 엇갈렸다.

보다 못한 청류가 미간을 잔뜩 찌푸리며 고함쳤다.

"어째 자명고가 울린다 했다, 내가!"

"그러게."

백연도 적잖이 동요하고 있었다. 자명고가 마지막으로 울린 게 6개월 전이었나? 바꿔 말하면, 자명고가 울렸다는 건 보통 일이 아니라는 뜻이었다.

저 거대한 괴물의 정체는 불가살(不可殺)이었다.

'절대 죽일 수 없다'고 해서 붙은 이름답게 코끼리의 코, 곰의 몸통, 소의 눈, 호랑이의 꼬리를 갖고 있으며 털은 바늘처럼 뾰족하고 가죽은 돌처럼 단단했다. 그런 괴물이 지금은 4층 건물만 한 크기로 진화했으니 확실히 보통 일은 아니었다.

"골치 좀 아프겠네."

주아가 마뜩잖은 눈으로 백연에게 물었다.

"그래서, 계획이 뭔데?"

"일단 잡자. 저대로 그냥 두면 남아나는 게 없을 것 같으니까."

"그러니까, 무슨 수로?"

주아는 그저 답답할 따름이었다. 자신이 알기로 저 괴물은 쇠도 좋아하지만, 불에도 강한 체질이다. 즉, 자신의 주 무기인 불화살이 무용지물이나 마찬가지라는 소리였다. 섣불리 불화살을 쐈다가 몸에 불이 붙은 채로 옮겨 다녀서 도시 전체를 불바다로 만들어 버리기라도 한다면…… 상상만으로도 끔찍했다.

백연이 결심을 굳힌 듯 말했다.

"청류랑 내가 어떻게든 저놈 잡아서 끌고 갈 테니까, 너희 둘은 먼저 대숲에 가서 대기해. 거기서 끝내자."

"그러든지."

"네, 대장."

주아와 현담은 그제야 비로소 고개를 끄덕였다. 의혹과 불안이 확신으로 뒤바뀌는 순간이었다.

"청류, 너는 비나 퍼부어 줘. 나머지는 나한테 맡기고."

"오케이! 그거야 식은 죽 먹기지."

청류는 힘껏 지면을 박차고 컴컴한 하늘로 뛰어올랐다. 어느 틈에 푸른 용으로 변신한 청류가 먹구름 뒤에 몸을 숨겼을 즈음, 느닷없이 천둥과 번개가 내리쳤다. 뒤따라 흰 호랑이로 변한 백연도 순식간에 하늘로 솟아오르며 돌풍을 일으켰다.

"바람을 다스리는 백호, 구름을 다스리는 청룡. 위기 상황에서는 좌청룡 우백호를 도저히 따라갈 수가 없네. 이럴 때 보면 환상의 콤비인데, 왜 맨날 싸우는 걸까."

"청류가 시비를 거는 거지. 쟤는 다 싸우잖아. 3 대 1로. 그만 구경하고 우리도 빨리 가자."

"어."

현담과 주아가 떠나자, 마침내 강풍을 동반한 폭우가 쏟아지기 시작했다. 한 치 앞도 내다보이지 않을 만큼 지독한 비였다.

∗

한편, 사무실과 서고 정리까지 마치고 나온 지유는 흠칫 놀라 뒤돌아보았다. 복도가 나올 거란 예상과 달리, 곧장 고서점 앞마당으로 나온 까닭이었다. 도대체 구조를 알 수 없는 곳이었다.

"장마철도 아닌데 무슨 비가 이렇게 오는 거야?"

그냥 비도 아니고 집중호우 수준이었다. 더욱이 가로 등이 휘청거릴 정도로 부는 바람 때문에 잠깐 서 있는데도 턱이 달달 떨려 왔다. 지유는 팔을 쓸어내리며 얼른 고서점 안으로 들어갔다.

딸랑.

지유가 고서점에 발을 내딛는 순간, 풍경 소리처럼 청아한 도영의 음성이 들려왔다.

"죄송합니다. 영업 끝났습니다."

정확히는 카운터 아래쪽에서 나는 소리였다. 갑자기 장난기가 발동한 지유는 살금살금 다가갔다.

"영업은 여섯시까지라는 거 몰라? 아직 다섯시 반밖에……."

짠 하고 놀라게 해 줄 작정이었는데, 놀란 쪽은 오히려 지유였다. 멈칫하던 지유의 눈동자에 검은 물체가 비쳤다. 출근 첫날 보았던 그 괴물이 틀림없었다. 엄마 유품인 팔찌를 훔친 걸로도 모자라, 꿀꺽 삼켜 버린 양심 없는 도자기 괴물. 그런데 어째서 도영의 목소리가?

도자기 괴물도 당황하며 소리쳤다.

"누, 누나!"

지유 입장에서는 도영이 분명하다는 확인 사살이나 다름없었다.

"야, 너!"

하도 어이가 없어서 말이 안 나왔다. 자고로 등잔 밑이 어둡고, 사기도 제일 친한 사람한테 당하는 법.

"내가 그 눈을 어디서 봤나 했다. 이상하게 낯이 익다 했어. 너 이리 와, 좀 맞자!"

조막만 한 얼굴에 유난히 커다랗고 동그란 눈, 앙증맞게 벌어진 입. 불룩한 몸통에서 삐져나온 가느다란 팔다리를 보고 있으려니 기가 찰 노릇이었다. 그동안 감쪽같이 속이다니.

"누나! 일부러 그런 건 아니란 말이에요. 믿어 주세요, 네?"

그러거나 말거나 지유는 도영의 몸통을 거꾸로 든 채 저금통에서 동전 빼내듯 탈탈 털어 댔다.

"닥치고 내 팔찌나 내놔!"

"아아! 어지러워요!"

"그러니까 좋은 말로 할 때 뱉어."

"어떻게 뱉어요, 없는데!"

"뭐? 없다고?"

지유의 입가가 삽시간에 굳어졌다. 이걸 확 깨버릴까? 잠깐이지만, 머릿속에 그런 생각이 스쳤다.

"진짜예요. 거짓말 아니에요."

"거짓말이 아닌지 내가 어떻게 알아?"

"믿어 주세요, 누나."

가뜩이나 큰 눈으로 애절한 눈빛까지 보내오니, 지유는 속는 셈 치고 사정이나 한번 들어 보자 마음먹었다.

"알았어, 얘기해. 처음부터 끝까지 빼놓지 말고 전부다. 안 그러면 어떻게 될지 상상이 되지?"

지유는 도영을 바닥에 내려 주고는 의미심장한 미소를 지어 보였다.

"누나, 변했네요. 처음엔 저 보고 놀라서 도망가더니."

"야."

지유는 뜨끔했지만, 아닌 척 도영을 째려봤다.

"알았어요. 말할게요. 어떻게 된 거냐면 말이죠……."

지유의 기에 눌린 도영은 그간의 일을 소상히 털어놓았다.

✳

비바람에 시야가 가로막힌 불가살이 허둥대는 틈을 타, 백연은 날카로운 발톱으로 놈의 목덜미를 움켜잡고 하늘을 음속으로 내달렸다. 빠르기로는 청류도 만만치 않았다.

그야말로 눈 깜짝할 새 대숲에 도착한 둘은 땅에 발이 닿기 무섭게 인간의 모습으로 돌아왔다. 불가살도 쾅 하는 굉음과 함께 바닥으로 추락했다.

"우어억……."

제아무리 단단한 가죽을 두르고 있다지만, 충격이 아예 없지는 않은 모양이었다.

때를 놓칠세라, 백연이 목에 핏대를 세우며 고함쳤다.

"현담! 방어벽!"

그렇지 않아도 만반의 준비를 하고 있던 현담은 눈을 감고 두 손을 단전에 모았다. 주술을 외우자 억수같이 퍼붓는 빗줄기가 현담의 손안으로 빨려 들어오는가 싶더니, 이윽고 웅대한 물기둥이 되어 주위를 에워쌌다.

흥분한 채 이리저리 날뛰던 불가살은 물 벽에 막혀 오

가지도 못하는 신세가 되고 말았다. 그러나 물로 만든 방어벽은 어디까지나 임시방편에 불과했다.

현담은 주저 없이 등 뒤로 손을 뻗었다. 그랬더니 아무것도 없던 그의 등에서 장총 한 자루가 나타났다.

탕!

총을 거머쥔 현담이 방아쇠를 당기는 순간, 검은 안개처럼 보이는 탄환이 빠르게 회전하며 놈을 향해 날아갔다. 맹독 탄환을 맞은 괴물은 쿠어억 하는 고성과 함께 허청거렸다. 물론 총알 한 방 맞았다고 죽을 리는 없었으나 움직임은 둔해졌으니 이만하면 나쁘지 않은 결과였다.

"불가살이 괜히 불가살이 아니네. 블랙 파이어 맞고 멀쩡한 놈은 처음 아니냐?"

백연이 깐족거리는 청류의 면전에 대고 말했다.

"농담할 시간 있으면 죽엽군이나 부르시지."

"그런다고 뭐가 나아질까? 어차피 쟨 죽지도 않는다며."

"시간은 벌어 주겠지."

"그럼 그러지, 뭐."

청류는 두 손가락으로 아랫입술을 오므려 길게 휘파람을 불었다. 그러자 대숲에서 무언가가 우르르 쉴 새 없이 뛰쳐나오기 시작했다. 한 손에는 검을 들고, 귀에는 무성한 대나무잎을 꽂은 기이한 모습의 병사들이었다.

"청류, 내가 돌아올 때까지만 버텨 줘."

"이 와중에 어딜 가려고?"

"저거 없앨 방법은 찾아야 할 거 아니야."

"방법이 있을지는 모르겠지만, 다녀와. 죽엽군이야 무한대로 부를 수 있으니까."

"너만 믿는다."

그 짧은 한마디에 기세가 등등해진 청류는 우람한 팔을 들어 올리며 쩌르렁하게 호령했다.

"병사들이여, 지금이다! 총공격하라!"

"장군님 나셨네."

비록 주아는 노골적으로 빈정거리긴 했지만 말이다.

✳

"그러니까 네 말은, 넌 원래 신록인가 뭔가 하는 신령한 사슴인데 호기심으로 주술 책 보고 따라 했다가 실패해서 도자기 괴물로 변했다는 거지?"

지유는 지금껏 들은 이야기를 또박또박 정리했다.

"맞아요! 이제 아시겠어요?"

신변의 위협을 느낀 도영은 아까 지유가 한눈판 사이에 인간의 모습으로 탈바꿈한 상태였다. 언제 또 도자기 요괴로 변할지는 알 수 없었으나, 지유는 약간 안심이 되었다.

"그래서?"

"네?"

"도자기 괴물로 변하게 된 계기는 충분히 알겠는데, 질문의 요지는 그게 아니었잖아."

"아, 팔찌요? 그건 누나가 팔찌를 떨어뜨려서 제가 주워 주려고 했던 건데, 갑자기 뿅 사라졌어요."

"기껏 한다는 소리가 그거야? 나더러 그걸 믿으라고?"

"안 믿으면 저도 어쩔 수 없지만, 사실인걸요……."

도영은 풀 죽은 얼굴로 말끝을 흐렸다.

"결국 팔찌는 못 찾는다는 거네."

지유 역시 시무룩한 표정으로 고개를 떨궜다. 도자기 괴물만 찾아내면 팔찌를 돌려받을 수 있을 거라 기대했기 때문이다.

"누나, 제 생각에는 팔찌가 사라진 게 아무래도 운명 같아요. 팔찌가 없어지는 바람에 안 보이던 게 보이고, 원혼 책 보는 능력도 생긴 거잖아요. 아니, 원래 능력이 있었는데 팔찌가 그 힘을 봉인하고 있던 건가? 사장님도 그러셨잖아요. 누나는 백 년 만에 태어난 운명의 아이라고요!"

"시끄러워. 뭘 잘했다고."

퉁명스럽게 굴긴 했어도 듣고 보니 어느 정도 일리 있는 이야기였다. 하지만 그다지 위로가 되지는 않았다. 푹 한숨을 내쉬며 바라본 창밖에는 어느덧 아침이 찾아왔다. 하늘에 구멍이라도 뚫린 것처럼 줄기차게 비가 쏟아지더니, 언제 그랬냐는 듯 맑게 갠 날씨였다.

"아아, 피곤하다. 나 퇴근할게."

지유가 비실비실 자리에서 일어서던 그때, 어디에선가 삐거덕거리는 소리가 들려왔다. 그리고 그 기분 나쁜 소음은 지유를 향해 조금씩 다가왔다. 지유의 신경이 바짝 곤두섰다.

소리가 나는 방향으로 천천히 고개를 돌리자, 고서점 안쪽에서 걸어오는 사람의 형체가 보였다. 역광 때문에 이목구비가 또렷이 보이지 않았지만 지유는 그가 누구인지 대번에 알아볼 수 있었다.

"사장님! 도둑인 줄 알고 놀랐잖아요!"

백연 특유의 점잖은 분위기와 우월한 신체 조건, 조각상을 방불케 하는 실루엣까지. 가만히 있어도 워낙에 눈에 띄는 존재이니 몰라보는 게 더 이상하긴 했다.

"그러는 지유 양이야말로 왜 아직……."

표정으로 따지자면 백연이 더 놀란 듯 보였다.

"어디로 들어오신 거예요?"

"뒷문으로. 아, 순간 이동을 했기 때문에 문은 굳이 열 필요가 없었습니다. 지유 씨가 놀랄 만도 하네요. 미안합니다. 그럼 퇴근하시죠."

백연은 숨도 쉬지 않고 몇 문장을 전부 붙여서 말했다. 게다가 평소보다 두 배는 더 빠르게 말했다.

"잠깐만요!"

지유가 손바닥을 쫙 펼쳐 보이며 계단 쪽으로 몸을 돌리려는 그의 앞을 막아섰다.

"나중에 하면 안 될까요. 지금은 들어줄 여유가……."

"도영이가 그 도자기 괴물이라는 거 알고 계셨어요?"

"아. 전혀 모르고 있었습니다."

순간 백연의 미간에 힘이 들어갔다. 시선 처리도 부자연스럽기 짝이 없었다.

"누가 봐도 거짓말이잖아요, 그 표정 말이에요."

지유는 머리부터 발끝까지 하나라도 놓치지 않겠다는 눈빛으로 그를 쳐다봤다. 백연은 어쩔 수 없이 자신의 잘못을 시인했다.

"미리 말하지 못한 점 사과드립니다. 그런데 그 건은 나중에 다시 얘기하면 안 될까요? 촌각을 다투는 일이 있어서 말입니다."

"어지간히 급하신가 보네요. 무지무지 센 요괴라도 나타났나 봐요?"

지유로선 생각 없이 던진 말에 지나지 않았지만, 백연은 정곡을 쿡 찔린 심정이었다.

"지유 양이 그걸 어떻게……."

"진짜구나. 근데 어떤 요괴길래 그렇게 당황하세요? 사장님 그러시는 거 처음 봐요."

예전에 감돌이 사건만 하더라도, '네 이놈!' 호통만으로 몸뚱이가 반쪽뿐인 요괴를 쫓아 버리지 않았던가. 지유는 의아하기만 했다.

"불가살이란 괴물 때문입니다."

"아, 그 밥풀에서 태어났다는? 쇠붙이 같은 거에 환장하고, 죽지도 않는다는 그거 맞죠?"

"알고 계시는군요. 그래서 방법을 빨리 찾아야 합니다. 지금 동료들이 애먹고 있거든요."

백연은 바짝 마른 입술을 깨물었다. 내색하진 않았으나 지금도 속이 타들어 가는 중이었다. 한가하게 수다나 떨고 있을 때가 아니었다.

"사장님, 진짜로 모르세요?"

백연이 조금 짜증스러운 어투로 반문했다.

"뭘 말입니까."

"불가살 죽이는 방법이요. 어떻게 모르실 수가 있어요? 평생 요괴만 때려잡으신 사방신이 그걸 모른다는 게 말이 돼요?"

"사방신이라고 이 세상 모든 요괴에 대해 속속들이 다 알 수는 없습니다. 그리고 불가살과 같은 괴물을 실제로 보게 되는 일은 극히 드물고요. 불가살 죽이는 두 가지 방법을 말씀하는 거라면, 물론 알고는 있습니다만. 문제는……."

"어떤 방법을 쓸지 결정 못 하신 거네요."

"자칫 역효과가 날 수도 있으니 신중에 신중을 기하려 합니다."

백연은 잠시 숨을 고르며 천장을 올려다봤다. 그사이에 지유가 쐐기를 박듯 한마디를 더했다.

"저라면 고민할 필요도 없이, 두 가지 방법 중에서 동료를 믿는 쪽을 선택할 거예요."

"지유 양."

"네?"

"한 방 맞은 기분이군요."

문득 백연의 입가에 쓸쓸한 미소가 번졌다. 다름 아닌 자책감 때문이었다.

"그럼 얼른 가서 일 보세요. 저는 방해 안 되게 이만 퇴근할게요."

꾸벅 인사하고 돌아서려는데, 이번엔 백연이 지유를 불러 세웠다.

"더 하실 말씀 있으세요?"

"그동안 고서점 업무를 무척 열심히 익히셨나 봅니다. 바쁜 와중에 불가살과 관련된 문헌까지 살펴보시다니 아주 장하십니다."

백연은 지유를 정면으로 바라보았다. 그는 흡족한 듯
웃고 있었다.

"그냥 남는 시간에 심심해서 읽은 건데, 그렇게 또 정색
하고 말씀하시면……. 저 진짜로 가 볼게요. 수고하세요!"

지유는 화끈거리는 뺨을 두 손으로 감싼 채, 후다닥 현
관으로 뛰어갔다. 화월 고서점에 취직한 이래 처음 듣는
칭찬이었다.

＊

그 시각, 대숲에서는 맹렬한 사투가 벌어지고 있었다.
백연이 도착했을 땐 이미 물 벽이 무너진 상태였다. 청류
와 현담, 주아까지 합세하여 올가미를 잡아당기고 있었으
나 역부족이었다.

"백호! 빨리 어떻게든 해 봐!"

죽엽군 또한 열세에 놓여 있었다. 불가살은 와아아, 함
성을 지르며 맹공격을 퍼붓는 대나무 병사들을 파리 쫓듯
날려 버렸다. 그리고 병사의 손에 들린 칼까지 빼앗아 입

속으로 처넣었다. 마지막으로 보았을 때보다 몸집이 배는 커진 듯했다. 예상과는 전혀 다른 양상이었다.

"청류! 죽엽군부터 철수시켜!"

판단 착오라 자인한 백연이 붉어진 얼굴로 소리쳤다. 어째서 그 생각을 못 했을까. 하지만 지금은 후회할 겨를조차 없었다.

불가살이 집어삼킨 죽엽군의 칼들이 몸통을 뚫고 삐죽삐죽 튀어나왔다. 가뜩이나 바늘처럼 뾰족하던 털이 예리한 칼날로 거듭났다.

전신에 철갑을 두른 듯 빈틈이 보이지 않았다. 괴이하게 웃는 입 속에도 서슬 퍼런 칼이 이빨처럼 가득 들어차 있고, 검은 눈은 너무도 어두워서 마치 눈알이 비어 있는 것만 같았다.

"알았어!"

청류는 죽엽군을 향해 황급히 퇴각을 명했다. 속수무책으로 당하고 있던 병사들은 일제히 대나무 숲으로 돌아갔다.

한동안 술렁이던 숲은 얼마 지나지 않아 잠잠해졌으나, 사방신과 괴물 사이에는 여전히 숨 막히는 긴장감이 돌고 있었다. 그때 백연이 품에서 부적 하나를 꺼내 주아에게 내밀었다.

"이거 화살에 묶어서 쏴. 뒷일은 우리한테 맡기고."

주아가 떨리는 목소리로 반문했다.

"뭐? 제정신으로 하는 소리야? 저놈은!"

백연은 짐작했다는 듯 침착한 투로 말을 이었다.

"무슨 말 하려는지 알아. 아는데, 한 번만 나를 믿어 줬으면 좋겠어. 나도 너 믿거든. 무신불립(無信不立)이라는 말 알지? 믿음 없이는 이 싸움에서 절대 이길 수 없어. 그러니까, 믿어 봐."

백연은 부적을 주아의 손에 꼭 쥐여 주었다. 주아는 미칠 듯이 심장이 뛰며 손에 힘이 들어가는 것을 느꼈다.

"어떻게 돼도 난 몰라. 네가 쏘래서 쏘는 거다?"

주아는 부적을 거머쥐었다. 불화살에 부적을 엮는 얼굴이 불안으로 일그러졌다.

올가미를 끌어당기느라 진땀 흘리던 현담도 걱정이 됐는지 물었다.

"대장, 괜찮겠습니까?"

그렇지만 주아 대신 밧줄을 손에 감는 백연의 의지는

확고하기만 했다.

"동료를 믿지 않으면 어쩌겠어."

그사이, 주아가 활시위를 팽팽하게 잡아당겼다. 누구하나 입을 열지 못할 만큼 날 선 정적이 흐르던 순간, 화살이 시위를 벗어났다. 휘잉 소리를 내며 날아간 불화살은 순식간에 부적을 태워 버린 뒤 주아의 분신으로 변했다. 날개를 활짝 펼친 채 붉은 궤적을 그리며 날아가는 주작은 마치 하나의 거대한 불꽃처럼 보였다.

"크아아아!"

화염에 휩싸인 불가살은 처절한 절규를 터뜨리며 바득바득 몸부림쳤다. 그러나 시뻘겋게 타오르는 불꽃은 길길이 치솟으며 괴물의 등에 빽빽하게 꽂힌 칼들을 순식간에 녹여 버렸다.

이윽고 괴물은 지금까지 먹어 치운 쇠붙이를 와르르 토해 내기에 이르렀다. 엄청난 양의 토사물에서 참기 힘든 악취가 풍겨 왔다.

"많이도 처먹었네!"

유난히 비위가 약한 청류는 코를 틀어막고 성깔을 부렸다. 나머지 사방신도 탑처럼 쌓인 잔해를 바라보며 혀를 내둘렀다.

쇠붙이를 남김없이 뱉어 낸 불가살은 결국 형체를 알아볼 수 없게 타 버렸고, 얼마 후엔 한 점의 재도 남기지 않고 완전히 사라졌다. 조금은 허무했지만, 그걸로 끝이었다.

"역시 불가살이화가살(不可殺以火可殺)이 정답이었군."

백연이 혼잣말로 웅얼거리자, 모두가 궁금한 듯 그의 얼굴을 말끄러미 쳐다봤다.

"알아듣게 말해 주면 엉덩짝에 종기라도 나냐?"

청류가 굳이 닦달하지 않았어도 말하려던 참이었다.

백연은 차분히 입을 열었다.

"불가살은 절대 죽일 수 없다고 알려졌지만, 실은 두 가지 방법이 있어. 하나는 부적으로서 죽이는 가살 불가살(可殺 不可殺)이고, 또 하나는 아까 얘기한 불가살이화가살. 이건 불로써 죽인다는 뜻이지."

아까 백연은 부적을 가지러 고서점에 들렀던 것이다. 그러나 그때까지만 해도 어떤 방법을 써야 할지 결정하지 못했다. 그러다 지유의 말을 듣고 생각을 굳혔다.

그래서 죽이는 것이 불가능하다(不可殺)는 것이 아니라

불로 죽일 수 있다(火可殺)는 것이길 바라는 염원을 담아 부적 한 장을 더 썼다. 주아에게 넘겨 준 부적은 바로 두 번째 부적이었다.

"우리 견자님의 판단이 적중했네."

"너 미쳤어? 잘못됐으면 어쩌려고, 그 순진한 애 말을 덜컥 믿어 버린 거야?"

주아의 얼굴이 뜨악하게 굳어졌다. 제 딴에는 자칫 일을 그르치기라도 할까 봐 잠자코 있었던 건데, 아무것도 모르는 인간 여자애의 말만 믿고 그런 결정을 하다니 정말이지 기가 차서 말도 안 나왔다.

"결과적으로는 잘 해결됐잖아."

"잘 안 됐으면!"

"하긴, 도박이긴 했지. 그런데 그 순진한 아이가 그러더라. 자기 같으면 동료를 믿는 쪽에 걸 거라고 말이야."

"그, 그게 무슨……."

말문이 막힌 주아의 입술이 버르르 떨렸다.

"야, 야. 어쨌든 불가살인가 불가사리인가 하는 놈 없앴으니까 그걸로 된 거잖아. 잘했다, 잘했어!"

청류가 주아의 어깨를 툭툭 치며 모든 공을 주아에게

돌렸다. 현담도 백연도 시원하게 웃는 것으로 승리를 자축했다.

"잘하긴 뭘 잘해."

"자, 그만 투덜거리고 슬슬 돌아가 볼까?"

백연은 어르듯 말하며 앞장섰다.

"먼저 가. 난 힘들어서…… 천천히 따라갈게."

주아는 그 자리에 선 채로 길게 한숨을 쉬었다.

＊

커다란 연못 한가운데 작은 섬처럼 떠 있는 풍영루에서는 사방신이 모처럼 풍류를 즐기고 있었다. 거문고를 타는 백연과 해금을 켜는 주아의 곁에서 현담은 시조를 읊고, 청류는 덩실덩실 장단을 맞췄다. 어디선가 날아든 검은 학도 날개를 퍼덕이며 춤을 추었다.

머리칼을 올백으로 넘긴 은발의 남자가 누각 계단을 유유히 오르며 말했다.

"고구려 왕산악 이후에 현학이 날아와 춤추는 장면은 처음 봅니다."

자줏빛 양복에 구두까지 같은 색으로 맞춰 신은 중년 신사의 등장에 모두가 뜻밖이라는 표정으로 쳐다봤다.

"그간 강녕하셨습니까."

인사를 건네는 남자는 하늘의 임무를 수행하는 천사였다. 주로 천제(天帝)의 말을 전하거나, 대신 꾸짖기 위해 인간 세상에 내려오곤 했는데 그 외에도 지상의 자잘한 업무를 처리하는 보직을 맡고 있었다. 늘 예고 없이 찾아오는 편이었다.

"누구 때문에 안녕 못 해. 오늘은 또 뭔 훈계를 하시려고 굳이 이 좋은 날 오셨을까?"

청류는 대놓고 삐딱선을 탔다. 지난번에도 자기한테만 유독 잔소리를 늘어놓는 바람에 앙금이 남아 있었다. 신중하지 못하다느니, 감정적이고 폭력적이라느니, 개인주의가 어쩌고 하면서 핀잔을 주기에 그날 이후로는 천사 얼굴만 봐도 괜히 짜증이 올라왔다.

"허허, 지난번 일로 그리 상심하셨습니까. 아시다시피 저는 천제님의 말씀을 전하는 일개 관리일 뿐, 개인감정은 없으니 오해하지 않으셨으면 합니다. 해서, 특별히 준비해 온 것이 있습니다."

천사는 느긋한 말투로 말하고는 손에 들고 있던 황금 빛 보자기를 풀어 마루에 펼쳐 놓았다. 그러자 순식간에 풍성한 연회 상이 차려졌다.

"여러분의 공로를 치하하는 의미로 천제님께서 내려 주신 것이니 마음껏 즐기시기 바랍니다."

절로 군침이 도는 산해진미를 마주한 사방신의 얼굴에 급 화색이 돌았다. 자존심이 먼저인 청류는 표정 관리하 기 바빴지만 말이다.

"영감이 쏘는 것도 아니면서 생색은."

"흠흠! 물론 저는 나르기만 했습니다만……."

"알았으니까 볼일 다 봤으면 그만 가 보쇼."

청류는 듣기 싫다는 듯 훠이훠이 손을 내저으며 인상 을 찌푸렸다.

"영감, 제가 대신 사과드리겠습니다. 천제님께는 감사 하다고 전해 주시고요."

보다 못한 백연이 나섰다. 청류가 이럴 때마다 뒤치다 꺼리하는 것도 지긋지긋했지만, 날이 날이니만큼 큰 소리 를 내지 않으려 애쓰는 중이었다. 자신의 불찰로 청류가 특히 고생이 많았으니 적어도 오늘은 품어야겠다고 생각하면서.

"백호 님이 왜 사과를 하십니까. 청룡 님 저러시는 것도 무리는 아니지요. 아, 참! 이걸 전해 드린다는 게……."

천사는 안주머니에 손을 넣어 또 하나의 보자기를 꺼냈다. 상 위에 올려놓고 보자기를 풀자, 가운데가 움푹 파인 네모난 돌이 나타났다.

"이것은 주천석(酒泉石)이 아닙니까."

백연은 가만히 그것을 내려다봤다. 맹물을 담기만 해도 향기 좋은 술로 바꾸어 준다는 진귀한 돌이었다.

"영감, 의외로 센스는 있네? 주천석에서 난 술은 누구라도 한번 맛보면 절대 잊지 못한다던데!"

부루퉁하던 청류마저도 실실 웃게 했으니 여간 진귀한 선물이 아닐 수 없었다. 천사는 주천석에 맑은 물을 붓고 기다린 다음, 조심스럽게 네 개의 술잔에 나누어 따랐다.

"자, 자. 한 잔씩 하십시오. 음식도 어서들 드시고요. 오늘 하루만이라도 다 잊고 피로를 푸셨으면 합니다."

천사는 말이 끝남과 동시에 손가락을 튕겨 신호를 알렸다. 그러자 오색구름이 드리워진 하늘에서 악단이 내려와 풍악을 울리기 시작했다.

그야말로 천상의 소리에 모두가 감탄할 무렵, 연못에서는 연꽃이 잇달아 피어났다. 청색의 우발라, 붉은색의 파두마, 흰색의 분타리, 황색의 구물타까지. 더없이 황홀한 풍경이었다.

＊

새카만 도화지 같은 하늘에 셀 수도 없이 많은 풍등이 두둥실 떠다녔다.

"축제로구나! 경치 한번 장관이네!"

거나하게 술이 오른 청류는 주아와 현담 가운데 서서 양쪽으로 어깨동무를 했다. 평소 같으면 둘 다 가만히 있지 않았을 테지만, 주아와 현담도 어지간히 취했는지 허허실실로 일관했다.

"백호 님, 긴히 드릴 말씀이⋯⋯."

산만한 틈을 타 천사가 독대를 청했다. 백연은 말없이 천사를 따라나섰다. 무슨 일인지 궁금했으나 곧 알게 될 터였다. 백연과 천사는 뒤뜰로 이어지는 오솔길을 타박타박 걸었다. 즐비한 노송 사이로 어렴풋이 달빛이 비치고 있었다. 풍영루에서 어느 정도 멀어졌다 생각한 백연이 점잖게 운을 떼었다.

"하실 말씀이 무엇입니까?"

"실은 천제님께서 이것을 따로 전하라 하셨습니다."

천사는 잠시 주위를 살피다가 소가죽으로 된 작은 주머니를 은밀하게 건넸다.

백연은 피식 웃으며 농을 던졌다.

"누가 보면 뇌물인 줄 알겠습니다."

"어찌 그런 당치도 않은 말씀을 하십니까!"

천사는 화들짝 놀라며 어쩔 줄 몰라 했다.

"영감의 행동이 그만큼 수상해 보여서 괜히 농지거리한 것뿐, 맹세코 다른 뜻은 없었습니다."

하늘의 황제인 천제가 하급 신인 자신에게 뇌물을 줄 리도, 줄 이유도 없다는 건 백연도 잘 알고 있었다. 그렇다면 이것은 무엇이기에 따로 전하라고 한 걸까.

"이 안엔 뭐가 들었습니까?"

백연은 조심스러워 차마 열어 보지 못했다.

"청적백병입니다."

이름 그대로 파랑, 빨강, 하얀 물병인 청적백병은 각

병마다 신비한 힘을 지닌 액체가 들어 있다고 알려져 있었다.

"이걸 어찌 저에게……."

"천제님께서 주셨으니 한량없이 깊은 뜻이 있으실 테지요. 저 같은 미천한 것이 그 뜻을 감히 헤아릴 수나 있겠습니까. 곧 쓰게 될 날이 온다고 하셨으니, 고이 간직해 주십시오. 그럼 저는 이만 물러가겠습니다."

천사는 머리 숙여 인사하고는 연기처럼 사라졌다.

"곧 쓰게 될 거라고?"

손에 들린 주머니를 내려다보는 백연의 눈가에 설핏 그늘이 스쳤다.

한여름의 판타지아

시간은 흐르고 흘러 계절은 어느덧 여름. 신록으로 가득한 풍영재에는 매미 소리만 한가로이 퍼지고 있었다.

대청마루에 앉아 수박을 먹던 지유가 넌지시 물었다.

"사장님, 저는 휴가 같은 거 없어요?"

"지금 여름방학 중이지 않습니까?"

"아니 제 말은, 여름휴가요. 바캉스 모르세요? 저 여기 알바생이잖아요! 설마 알바는 휴가도 없는 거예요? 아니죠?"

지유가 갑자기 언성을 높이는 바람에 수박씨가 목에

걸린 백연은 볼썽사납게 기침을 해 댔다. 간신히 기침이
가라앉은 다음에야 힘겹게 말을 이었다.

"바캉스도 좋지만, 이제 고2가 되었는데 슬슬 수험 준
비를 하는 게 어떨까요?"

"대학 안 갈 건데요. 아시잖아요, 저 공부 포기한 거."

"결단이 무척 빠르군요. 그래, 며칠이나 드리면 만족하
시겠습니까?"

"보통 4박 5일은 쉬지 않나요? 더 쉬나? 저도 여기가
첫 직장이라 잘 모르겠네요. 사장님이 정해 주세요."

"흐음……. 일주일 드리죠. 바캉스 실컷 다녀오십시오.
그동안 고생하셨으니 푹 쉬시고요."

"완전히 엎드려 절 받기가 따로 없지만, 어쨌든 잘 놀고
잘 쉬다가 씩씩하게 컴백할게요."

지유는 샐쭉 웃으며 남은 수박을 야무지게 베어 먹었
다. 그때, 마루에 올라앉은 주아가 대뜸 태클을 걸어왔다.

"누구 마음대로?"

"네?"

지유가 황당해서 쳐다보자 주아는 대답은 하지 않고,
수박 한 조각을 우아하게 입에 가져다 댔다. 손톱에 칠해

진 매니큐어가 얼마나 붉던지, 빨갛게 잘 익은 수박의 색이 상대적으로 칙칙해 보였다.

"우리 한 팀 아니었어? 치사하게 혼자서만 바캉스 떠난다는 말이 나오느냐고, 지금."

"저는 그런 뜻이 아니라……."

"그런 뜻이 아니면 무슨 뜻이야? 그렇잖아, 그동안 합심해서 원혼 책도 엄청나게 없앴고. 안 그래?"

"그건 그렇지만……."

그게 휴가랑 무슨 상관이람.

"살아도 같이 살고, 죽어도 같이 죽는 게 한 팀이지. 그러니까 바캉스도 같이 가는 게 맞지. 내 말 틀려, 백연?"

불똥이 가만히 있는 백연에게로 튀었다.

"무슨 논리야?"

"왜 단체로 말귀를 못 알아들어? 그러니까……."

"엠티 가고 싶어서 저러는 겁니다, 대장."

"그래, 엠티. 아, 깜짝이야!"

느닷없이 나타난 현담 때문에 주아의 얼굴이 새하얗게 질려 버렸다.

"너 정말 나한테 왜 그래? 언제부터 거기 있었어, 또?"

지유가 현담을 대신해 친절하게 알려 주었다.

"아까부터 계속 주아 님 뒤에 앉아 계셨는데요."

"주아, 네가 둔한 거야."

백연 역시 현담의 편을 들었다.

"아무튼! 결론은 엠티 가자고, 엠티."

"엠티라……."

깊은 고민에 잠긴 백연의 눈이 실처럼 가늘어졌다. 바캉스는 알겠는데, 엠티는 또 뭐란 말인가. 몹시 궁금했으나 자기만 빼고 다들 아는 분위기라, 차마 물어볼 수도 없었다. 이럴 때 청류라도 있었더라면…….

"엠티? 그게 뭐냐?"

백연의 눈이 번쩍 뜨였다. 청류의 등장이 이렇듯 반가웠던 적은 단언컨대 오늘이 처음이었다.

"넌 아는 게 있기는 하니?"

"공자가 말하기를, 모르는 걸 모른다고 하는 게 참지식이라고 했지."

"어디서 또 주워들은 건 있어 가지고."

"아, 그래서 뭐냐고. 그 엠티 어쩌고 하는 게."

"멤버십 트레이닝의 줄임말이다, 이것아."

"그건 또 어떻게 하는 건데?"

"어떻게? 그, 글쎄……."

거기까지는 아는 바가 없었는지, 실컷 잘난 척하던 주아도 당황한 듯 눈치만 살폈다.

"별거 없어요. 그냥 모여서 게임하고 술 마시고 토하고 또 술 마시고 뭐, 그런 거죠. 저도 주워들은 거지만요."

결국엔 지유가 나섰다. 다들 예상 밖이라는 표정이었으나, 지유가 알고 있는 엠티의 실상은 진짜로 그게 다였다.

"난 또 뭐라고. 엠티라고 해서 대단한 건 줄 알았네. 우리 맨날 하는 거잖아?"

청류가 어깨를 으쓱거렸다.

"우리라니? 너만 해당하는 얘기겠지. 그래도 뭐, 가끔은 괜찮지 않을까? 그럴 게 아니라, 다 모인 김에 장소도 정하고 준비물도 챙기고 그러자. 어떤 게임 할지도 생각해 보고."

주아는 마음을 굳힌 듯 저돌적인 자세로 나왔다. 이 상황에서 만약 누군가 가지 않겠다고 하면 큰 재앙이…….

백연이 쫓기는 사람처럼 다급하게 물어 왔다.

"지유 양, 엠티에서는 주로 어떤 게임을 합니까? 저희에게도 알려 주시지요. 지금 당장 말입니다."

"아…… 게임이요? 아마 낮에는 족구나 피구 같은 거하고…… 밤에는 실내에서 할 수 있는 거로……."

지유 역시 머리로 생각하기도 전에 입이 먼저 움직이고 있었다. 어쩌다 이렇게 되었는지는 하나도 중요하지 않았다. 이미 엎질러진 물이었다.

그때, 신관 밖에서 도영의 카랑카랑한 목소리가 들려왔다.

"사장님, 안에 계세요? 사장님 앞으로 우편물이 와서요."

"늘 수고가 많습니다, 도영 군."

"수고는요. 우편함에 넣었어요. 전 가 볼게요!"

대화가 끝나기 무섭게, 편지 봉투 하나가 마당을 가로질러 대청마루를 향해 날아왔다. 모두의 관심이 자연스레 백연의 손에 들린 하얀 봉투에 쏠렸다. 안에서 내용물을 꺼내 확인한 백연은 연한 미소를 머금고는 작은 소리로 말했다.

"하준 선생이 보낸 초대장이군."

"하준? 허준 짝퉁이냐?"

청류의 물음에 백연은 대답을 미루고 지유에게 눈길을

던졌다.

"지유 양이라면 아실 테지요."

"혹시 그 유명한 베스트셀러 작가님 아니세요?"

"역시 알고 계시는군요."

"그 작가님이 사장님한테 초대장을 보냈다고요?"

지유는 놀란 나머지 좀처럼 입을 다물지 못했다.

"셜록 홈스 초판본 경매장에서 처음 만났으니까……
벌써 10년이 넘었군요. 이따금 연락도 하고, 이렇게 출간
기념회 초대장 보내 주면 만나러 가기도 합니다. 워낙 책
을 자주 내서 매번 가는 건 불가능하지만요."

"초대장 좀 봐도 돼요?"

"물론입니다."

"일주일 후네요? 사장님, 가실 거죠?"

초대장을 움켜쥔 지유는 살짝 상기된 얼굴로 백연을
바라봤다. 나머지 삼인방은 하준이라는 사람이 그렇게
대단하냐며 콧방귀를 뀌었지만, 그건 몰라서 하는 이야
기였다.

그로 말할 것 같으면, 대한민국 추리소설계를 발칵 뒤
집어 놓은 초인기 작가로 출간하는 족족 대박을 터뜨리는

걸로도 모자라 25년 베스트셀러의 신화를 이룩한 추리소설의 대부였다.

"가긴 어딜 간다고 그래! 엠티는? 우리 엠티 계획 짜고 있던 거 잊었어?"

주아가 성급하게 막아섰다.

"출간 기념회 장소가 강원도 별장이래요. 엠티 가는 김에 여기 잠깐 들렀다 가면 되잖아요, 네?"

지유도 이번만큼은 물러설 생각이 없어 보였다. 두 여자의 불타는 시선이 백연에게 꽂혔다. 어떻게 할 건지 속히 결정을 내려 달라는 무언의 압박이었다.

"둘 다 가는 것으로 하겠습니다. 그게 가장 평화로운 방법이겠군요."

"야! 우리 의견은 들어 보지도 않냐?"

청류는 눈을 뒤룩거리며 수박을 우적우적 씹어 먹었다. 현담은 언제 폭주할지 모르는 청류의 무릎을 있는 힘껏 누르는 중이었다.

＊

일주일 후.

검은색 밴이 긴 터널을 통과하고 있었다. 터널 천장의 조명 빛을 받은 차체는 번지르르한 광택을 뽐내며 미끄러지듯 내달렸다.

뒷좌석에 탄 지유가 어이없다는 투로 물었다.

"사장님, 이 차는 뭐예요?"

"명색이 첫 단합 대회이니, 이동할 때도 대동단결하는 자세가 필요할 것 같아서 말입니다."

"그래도 굳이 새 차를 뽑을 필요까지 있었을까요?"

"이 인원이 다 탈 수 있는 차가 마땅치 않아서요. 그렇지 않아도 언젠가는 사려고 봐 두었던 터라, 이참에 한 대 장만했습니다."

"연예인들이나 타고 다니는 이런 밴을요?"

역시나 백연은 절제의 뜻은 물론이거니와 렌터카의 개념도 모르는 게 틀림없었다.

"어머, 당연한 거 아니야? 우리 꼴 좀 보라고. 이러고 다니면 사람들이 죄다 이상한 눈으로 쳐다볼걸?"

주아의 말에 지유가 맞은편 자리로 슬쩍 시선을 두었다.

"그렇긴 하네요."

"이따 휴게소에 들르기로 했잖아. 그나마 밴이라도 타야, 어디 행사 뛰러 가는 애들 취급이라도 받지 않겠어?"

"크큭."

"웃을 때야? 암튼 그 작자도 참 괴짜다. 고작 출간 기념회 따위에 드레스 코드가 웬 말이라니?"

"하준 선생님이 원래부터 괴짜로 좀 유명하세요."

"자긴 꽤 즐기는 것처럼 보인다?"

"한여름 밤의 핼러윈 파티라니 재밌잖아요. 저 실은 이런 분장도 생전 처음 해 보거든요."

제 모습이 신기했는지, 지유는 크로스 백에서 손거울을 꺼내 자신을 비춰 보았다.

"사장님, 저 어때요?"

지유는 만족한 표정이었으나, 백연은 시선을 회피할 뿐이었다.

"왜요, 이상해요?"

"대체…… 무슨 콘셉트입니까."

"딱 보면 모르시겠어요? 의상도 그렇고 분장도 그렇고,

누가 봐도 좀비잖아요. 그럼 뭐라고 생각하셨는데요?”

지유의 물음에 백연은 조금 머뭇거리다가, 기어들어가는 목소리로 말했다.

“역귀인 줄⋯⋯ 알았습니다.”

“여, 역귀요?”

기가 막힐 노릇이었다. 장장 세 시간이나 들여 분장했건만. 역귀가 뭐야, 역귀가. 그런데 청류의 말은 더욱더 가관이었다.

“난 신기원요인 줄 알았는데?”

“그건 또 뭔데요?”

“팔, 다리, 몸통, 머리가 차례로 대들보에서 떨어졌다가 다시 합체되는 한 많은 여자 귀신. 나타나는 곳마다 핏자국이 낭자한 게⋯⋯.”

“네네.”

지유는 푹 한숨을 쉬며 요괴 때려잡는 것밖에 모르는 분들한테 괜한 걸 물어봤구나, 생각하고 후회했다.

“에헴. 이번엔 견자님이 맞혀 봐.”

조수석에 앉은 청류는 은회색이 감도는 길고 덥수룩한 수염을 매만지며 뒷좌석을 돌아봤다. 수염뿐만 아니라,

잿빛이 도는 긴 가발까지 쓰고 있었다.

"에이, 척하면 척이죠. 어우야담에 나오는 백발노인이 잖아요. 제가 그 정도도 모를까 봐서요?"

"뭐가 척하면 척이야! 회색의 간달프라고! 그 유명한 〈반지의 제왕〉도 안 봤나?"

"영화 별로 안 좋아해서요."

솔직히 보자마자 알아차렸지만, 지유는 일부러 모르쇠로 응수했다. 자고로 복수의 정석은 '이안환안 이아환아(以眼還眼 以牙還牙)'라 하지 않았던가. 즉, 눈에는 눈, 이에는 이라는 말씀.

"자기야, 나는 알아보겠지?"

"그럼요. 어둑시니 맞죠?"

"블랙 위도우거든? 자기야, 지금 다 알면서 괜히 그러는 거지?"

"제가 왜요?"

"그야, 우리 놀려 먹는 게 재밌어서겠지."

"아니에요. 오, 오해하신 거예요."

뜨끔한 지유는 저도 모르게 입술에 침을 묻혔다. 그 모습을 포착한 주아의 입꼬리가 사악하게 올라갔다.

"흠, 그래? 그럼 백연이랑 현담은 뭐로 보이는데?"

계속 장난쳤다가는 휴게소에 도착하기도 전에, 제 팔다리가 맥반석 오징어보다 먼저 비틀어질지도 모른다는 불길한 상상이 스쳐 갔다. 이런 걸 본능이라고 하지, 아마?

"사장님은 셜록 홈스, 현담 님은 해리포터요. 아하하……. 다들 영화광이신가 봐요."

지유는 이쯤에서 꼬리를 내리기로 했다.

"영화 안 좋아한다며?"

"유일하게 본 영화가 딱 그거 두 개라서……."

"자기야, 우리가 누구 때문에 그 파티에 가는 건지 알지? 이 꼬락서니를 하고서 말이야."

"알죠, 알죠. 감사하게 생각하고 있어요."

"그러면 이따 자기가 오징어랑 구운 감자, 소시지랑 떡볶이, 아이스커피까지 시원하게 쏘면 되겠다. 어떻게 생각해?"

"안 그래도 그러려고 했어요. 전부 다 사 드릴게요!"

지유의 등에서 식은땀이 흘러내렸다. 과장이 아니라, 정말로 섬뜩했다. 주아의 카리스마에 압도되어 본 자만이 느낄 수 있는 절대 공포였다.

'아, 이래서 사장님도 주아 님한테 꼼짝을 못 하시는 거였구나. 난 어쩌자고 주아 님을 건드려서는……'

옆자리를 쓱 돌아봤더니 백연은 어느 틈에 잠들어 있었다. 아니, 최선을 다해 자는 척하고 있었다.

✳

별장 진입로 양쪽에 늘어선 아름드리나무에는 여름빛이 완연했다. 가파른 언덕길을 따라 오 분쯤 더 달렸을 무렵, 저만치 벼랑 끝에 자리 잡은 저택이 보였다.

운전대를 잡은 현담이 내비게이션 화면에 시선을 둔 채 말했다.

"다 온 것 같습니다, 대장."

앞서가던 차들이 점점 속도를 줄이더니 차례로 멈춰섰다.

"무슨 일이지?"

궁금했던 현담은 창밖으로 고개를 내밀어 바깥 상황을 살펴보았다. 그러나 여기서는 보이는 것도 알아낼 수 있는 것도 없었다. 하는 수 없이 현담은 차에서 내려 앞쪽으로 걸어가 보았다.

잠시 뒤, 다시 차로 돌아온 현담은 기어를 P단에 놓고 반쯤 포기한 사람처럼 팔짱을 꼈다.

"뭔데, 뭔데. 어떤 멍청이가 사고라도 낸 거야?"

청류도 창문을 열고 괜스레 고개를 내밀어 보았다.

"경비 초소에서 초대장을 확인하고 있는 모양인데, 누가 초대장 없이 들어가려다가 붙잡혔나 봐."

"그까짓 초대장이 뭐라고. 거참, 야박하게 구네. 허준, 아니 하준인가 하는 그 양반 인심 한번 고약하구먼!"

"출간 기념회라고는 하지만 초대된 사람들이 전부 정재계 인사들 아니면 연예인, 셀럽 들이니 보안에 신경 쓰는 것도 무리는 아니겠지."

"유명 인사들만 초대됐다 이거지? 그럼 우리도 유명 인사란 뜻인가? 허허, 그렇다면 협조를 해 주는 수밖에."

"초대는 대장이 받았거든? 분수를 알아야지. 자기가 무슨 유명 인사라고……."

"뭐? 너 이 자식, 말 다 했어?"

청류가 현담의 멱살을 틀어잡았다. 워낙 자주 있는 일

이라 아무도 신경 쓰지 않았다.

"차들이 움직일 기미가 안 보이는군요. 우리는 내려서 천천히 걸어가 볼까요?"

백연이 의젓하게 권유하며 차 문을 열었다. 지유와 주아도 좋은 생각이라며 따라 내렸다. 그렇지 않아도 몇 시간 동안 차에만 있었더니 온몸이 찌뿌듯하고, 좀이 쑤시던 터였다.

"나, 나도!"

청류가 다급하게 외쳤지만, 백연은 깔끔하게 무시하고 지나쳤다.

★

경비 초소 앞에서 한 청년이 소란을 피우고 있었다.

"아니, 몇 번을 말해요! 초대장을 깜빡하고 집에 두고 왔다니까요? 진짜예요! 하아, 속고만 사셨나?"

남자를 본 지유의 눈이 휘둥그레졌다.

"필한 오빠가 왜 여기 있어?"

"서……지유?"

필한 역시 이게 무슨 일인가 싶어 어안이 벙벙하기는 마찬가지였다. 그 틈을 타 경비원이 필한을 저지했다.

"어쨌든 초대장 없이는 출입 못 하십니다. 죄송하지만, 그게 방침이라 저희도 어쩔 수 없습니다."

덩치 큰 두 명의 가드가 양쪽에서 필한의 팔을 붙잡고 억지로 차에 태우려 하던 그때, 백연이 품에서 봉투를 꺼내 내밀었다.

"초대장이라면 여기 있습니다."

그리고 서늘한 말투로 한마디를 더 보탰다.

"그 신사분도 일행이고요. 제가 초대장을 가지고 있었는데, 따로 오게 되다 보니 뭔가 착오가 있었나 봅니다. 참고로, 저 뒤에 서 있는 검은색 밴도 일행이니 통과시켜 주시지요."

"그렇다고는 해도, 드레스 코드가……."

경비원은 난감한 표정으로 필한을 훑어보았다. 아무리 보아도 핼러윈과는 어울리지 않는 복장이었다. 청바지에 후줄근한 흰색 티셔츠, 체크무늬 남방에 닳아빠진 운동화까지.

"드레스 코드에 맞춰서 입지 않았습니까."

"어딜 봐서요?"

"〈나는 네가 지난 여름에 한 일을 알고 있다〉."

"네?"

"그 영화에 나오는 남자 배우와 복장이 너무 똑같아서 소름 끼칠 정도입니다만. 그나저나 손님들이 아까부터 계속 기다리시는데, 괜찮겠습니까?"

경비원은 백연의 시선을 좇았다. 줄지어 늘어선 차들이 저마다 클랙슨을 울려 대며 야단법석이었다.

"실례 많았습니다. 들어가십시오."

경비원은 그제야 차량 차단기 버튼을 누르고 한 걸음 물러섰다.

✳

하준 작가의 출간 기념회 겸 가든파티가 막 시작되었다. 지유 일행도 북적이는 하객들 틈에 적당히 섞여 자리를 잡았다.

"출간 기념회라는 게 원래 이런 거냐? 진수만찬이 따로 없네. 뭐부터 먹어야 잘 먹었다고 소문이 날꼬."

잿밥에 관심이 더 많은 청류는 말릴 겨를도 없이 곧장 뷔페 코너로 향했다.

현담은 들릴 듯 말 듯 저 혼자 구시렁거렸다.

"진수성찬이겠지."

"자기야, 이 청년은 누구? 소개해 줘야지?"

주아가 고상한 투로 강요했다.

"집안끼리 알고 지내는 친한 동네 오빠예요. 해커인데 사정이 있어서 탐정 사무소에서 일해요. 오빠, 인사해. 우리 사장님이고 친구분들이셔."

지유는 얼렁뚱땅 소개를 마쳤다. 초면에 '이분들이 겉보기엔 삼십대 초반처럼 보여도 실은 천 살이나 잡수신 사방신이며 주업은 요괴 때려잡는 일'이라고 밝힐 수는 없었다.

"난 주아. 반가워요."

"처음 뵙겠습니다. 정필한이라고 합니다."

"자기는 아침형 인간?"

"예?"

"지유랑 같은 동네 산다며. 나도 근처 살아. 주로 밤에만 돌아다니는데, 이렇게 잘생긴 총각은 본 적이 없어서.

몇 살이야?"

주아가 빤히 쳐다봤다. 필한은 하이힐을 신은 주아보다 한 뼘은 더 커 보였다.

"아…… 스물넷입니다."

"딱 예쁜 나이네."

"가, 감사합니다."

필한은 어쩔 줄 몰라 했으나, 주아의 눈동자는 여전히 필한의 얼굴에 붙박이처럼 고정되어 있었다.

"그런데 오빠는 여기 왜 왔어?"

곤란해하는 필한을 대신해 지유가 눈치껏 끼어들었다.

"아, 그게 말이지. 실종자가 마지막으로 만난 사람이 바로 저 남자였거든."

필한은 단상에 오르고 있는 중년 남자를 턱짓으로 가리켰다. 그는 다름 아닌 하준 작가였다.

놀란 지유가 최대한 목소리를 낮추고 물었다.

"뭔 소리야? 실종자라니?"

"여당 국회의원 한 명이 어젯밤에 실종됐어. 최종적으로 확인된 통신사 기지국이 별장 부근으로 떴거든. 마지막으로 통화한 사람 역시 저 남자였고. 그래서 알아보러

온 거야.”

“오빠 말은, 작가님이 납치라도 했다는 거야?”

“그런 말 한 적은 없지만, 적어도 조민상 의원이 어젯밤 여기 왔었다는 건 팩트니까. 저자가 최후의 목격자일지, 유력한 용의자일지는 조사해 봐야 아는 거 아니겠어?”

필한은 말하면서도 하준을 뚫어지게 주시했다.

“보는 눈이 많으니, 자리를 옮기는 게 좋겠습니다.”

잠자코 있던 백연이 선을 긋듯 사태를 정리했다. 결국 뷔페 요리에 정신이 팔린 청류를 제외한 나머지 인원만이 내밀하게 주차장으로 이동했다.

✳

검은 밴에 들어가 백연이 말문을 열었다.

“자, 이제 소상히 말씀해 주시지요.”

“오늘 오전에 사무실로 의뢰인이 찾아왔는데요. 조민상 의원이 어젯밤 하준 작가를 만나러 간다고 나가서는 지금까지 연락 두절이라는 거예요.”

“의뢰인이 누군데?”

지유는 의혹에 찬 눈초리로 필한을 바라보았다.

"조 의원 아내."

"옆집 아줌마, 아저씨 보니까 어딜 가든지 말든지 서로 신경도 안 쓰던데. 그 집 부부는 금슬이 끝내주나 보네."

"아침에 중요한 일정이 잡혀 있었다나 봐. 그런데도 외박에, 전화기까지 꺼져 있으니 뭔가 잘못됐다 싶었던 거지."

"그 정도면 의부증 아닌가?"

"오늘이 조 의원의 가장 든든한 뒷배인 장인어른 생신이었거든. 가족끼리 조찬 모임이 있었대. 장인이 삼천 그룹 양진호 회장이고."

"자기 아빠 생일에 안 나타났다고 실종 신고한 거?"

지유는 이해가 가지 않는다는 듯 목소리 톤을 높였다.

"네가 아직 어려서 뭘 모르나 본데, 재선에 도전하는 조 의원은 누구보다도 돈줄인 장인어른한테 잘 보여야 하거든. 아내도 경찰에 신고하면 기사 나갈까 봐 우리 사무실로 온 거지."

필한은 감정에 휘둘리지 않고 조곤조곤 설명했다.

"그렇다고 하준 작가님이 조 의원을 납치했다는 증거

도 없잖아. 어젯밤 두 사람이 만났을지는 몰라도 금방 헤어졌을 수도 있고…….”

“미안한데, 자기야.”

둘의 대화를 듣고만 있던 주아가 불쑥 딴지를 걸어왔다.

“왜요?”

“자기 오늘따라 참 요상하네? 여느 때 같으면 수상하다고 난리 쳤을 거면서. 팬이라고 지금 편드는 거야?”

“아니, 그런 게 아니라…….”

순간, 지유의 가슴속에 뭔가가 북받쳐 올랐다.

백연은 어수선한 심중을 다스리며 나지막이 말했다.

“귀동냥으로 아는 것입니다만, 모든 가능성을 열어 놓는 것이 수사의 기본이라 하더군요. 필한 군이라고 했던가요? 일단 하준 선생부터 만나 보는 게 어떻겠습니까. 저와 친분이 있으니 따로 만나는 건 그리 어렵지 않을 겁니다. 자, 이만 행사장으로 돌아들 가시죠.”

＊

　행사장으로 돌아오자, 백연 일행을 발견한 하준이 성큼성큼 다가왔다. 007 시리즈의 제임스 본드를 연상케 하는 검은 턱시도 차림의 그는, 걸음걸이에서조차 남다른 품위와 자신감이 느껴졌다.

　'대박 사건! 최애 작가를 실물로 보다니!'

　그가 한 걸음, 한 걸음 다가올수록 지유의 가슴은 미칠 듯이 두근거렸다.

　"이게 얼마 만인가, 백 사장!"

　"하 선생, 그간 격조했습니다."

　백연과 하준은 힘차게 포옹하며 친분을 과시했다.

　"1년 만인가? 늘 느끼네만, 자넨 늙지도 않는군."

　"별말씀을. 아, 인사들 나누시지요."

　백연의 말에 하준은 한 사람씩 힘주어 악수하며 매너 있게 인사를 건넸다. 그러다 지유 앞에서 멈춰 선 그는 알쏭달쏭한 표정으로 물었다.

　"이 깜찍한 숙녀분은 자네 조카님이신가?"

　"우리 고서점에서 일하는 직원입니다. 하 선생 팬이라

고 하니, 이따가 책에 사인 좀 해 주시죠."

백연은 평소처럼 점잖은 미소를 지었다.

"당연히 해 드려야지. 만나서 반가워요."

하준이 커다란 손을 내밀어 악수를 청하자, 지유는 달뜬 기색으로 손을 맞잡았다.

"저야말로 만나 뵙게 되어 진심 영광이에요, 선생님."

"추리소설에 관심이 많은가 보군요. 허허."

"추리소설가가 꿈이에요. 선생님 책도 다 읽었고요."

지유의 입이 귀에 걸려 있었다. 이 역사적인 순간에 좀비 분장을 하고 있다는 사실은 조금 유감이었지만.

"대학생은 아닌 것 같고. 고등학생?"

"네, 2학년이요."

"그렇군요. 음, 학생이 쓴 소설도 읽어 보고 싶네요. 언제 한번 보내 줘요, 본인만 괜찮다면."

"정말이세요, 선생님?"

"물론이죠."

'아싸!'

얼마나 기쁘던지 지유의 얼굴 근육이 제멋대로 씰룩거렸다. 그 모습을 관망하던 필한은 도저히 파고들 틈을 찾지 못해 난처하기 짝이 없었다.

"이쪽은 정필한 군입니다. 하 선생과 긴히 할 이야기가 있다는데, 잠시 시간 좀 내주시죠. 그리 오래 걸리진 않을 겁니다."

다행히 명민한 백연이 먼저 말을 꺼내 주었다. 필한은 기회를 놓치지 않고 신속하고 정중하게 명함을 내밀었다.

"저는 이런 사람입니다. 몇 가지 여쭤볼 말씀이 있어서 실례를 무릅쓰고 찾아왔습니다."

하준은 명함에 적힌 글자들을 빠르게 훑어본 후 의아하다는 듯이 되물었다.

"전국 실종 가족 찾기 탐정 사무소에서 무슨 일로?"

"조민상 의원이 실종됐습니다."

"조 의원이? 그럴 리가요."

"어젯밤에 두 분이 따로 만나셨다고 들었는데요."

"조 의원이 여기로 찾아왔죠. 재미나게 술도 잘 마시고, 새벽에 대리 기사까지 불러 줘서 보냈는데……."

하준은 황망해하며 다시금 명함을 들여다봤다. 필한은 그의 표정과 행동을 유심히 살폈다. 겉보기엔 아무것도 모르는 눈치였다. 아님, 타고난 연기 천재이거나.

"이와 관련해서 자세히 들려주실 수 있을까요? 여기는 좀 그렇고……."

필한이 찜찜한 눈으로 주변을 한 바퀴 돌아봤다.

"조용한 곳으로 모시겠습니다. 가시죠."

하준이 길게 팔을 뻗으며 의욕적으로 앞장섰다. 두 사람이 시야에서 완전히 사라지고 나서야 주아가 백연을 보며 말했다.

"하 작가, 사람 괜찮은데? 둘이 안 지 10년 됐다고?"

"정확히는 15년이지. 한결같은 면이 있기는 해."

백연은 그래서 더욱 착잡했다. 열 길 물속은 알아도 한 길 사람 속은 모른다 했으니 말이다. 그런데…….

"지유 양이 안 보이는군. 좀 전까지 여기 있었는데."

백연의 눈이 지유를 찾아 불안하게 움직였다.

"바람 쐬고 온다면서 저쪽으로 내려갔어."

주아가 강가로 이어지는 계단을 슬쩍 쳐다봤다. 백연의 어깨가 본능적으로 돌아갔다. 주아는 백연의 뒷덜미를 얼른 잡아채고는 덧붙였다.

"내버려 둬. 어찌 됐든 간에 자기가 좋아하는 작가가 납치 사건에 연루됐는데 기분이 안 좋을 만도 하잖아?"

"그래도 밤중에 혼자 돌아다니는 건……."

"지유도 벌써 열여덟이야. 밥이나 먹자, 우린."

주아가 백연의 등을 떠밀었다. 별다른 도리가 없었으나, 백연의 마음은 뒤숭숭하기만 했다.

불길한 날의 핼러윈 파티

"필한 오빠는 왜 저런데? 딱 보니까 작가님은 아무 상
관도 없는데. 괜히 엉뚱한 사람 의심하고 말이야. 탐정 사
무소에서 일하더니 성격 이상해졌어. 필용 아저씨가 탐정
이지, 지가 탐정이냐고. 쳇!"

지유는 몽돌 하나를 강물에 던졌다.

"에이, 안 되네?"

물수제비를 뜨려고 했던 건데 생각처럼 되지 않았다.
이번엔 좀 더 납작한 돌을 골라 신중하게 던져 보았다. 그
런데도 돌멩이는 담방담방 물속으로 빠지기만 했다.

"갑자기 승부욕 생기네. 다른 돌……."

허리를 구부려 마음에 드는 돌을 고르려는데, 어디선가 제 이름을 부르는 소리가 들려왔다. 처음 듣는 목소리였다. 번쩍 고개를 들어 보았지만 사위는 더없이 고요할 따름이었다.

"잘못 들었나? 누가 나 부르는 거 같았는데……."

돌연 오싹한 기분이 들었다. 지유는 큼지막한 돌 하나를 손에 꼭 쥐고 주위를 두리번거렸다. 아까는 몰랐는데 인제 보니 주변이 온통 깜깜했다.

불빛이라고는 강물에 비친 어슴푸레한 달빛이 유일했다. 일렁이는 강물을 들여다보고 있으려니 시간이 천천히 흐르는 듯한 착각에 빠져들었다. 찰랑찰랑하던 물소리도 출렁출렁하는 무거운 느낌으로 바뀐 것 같았다. 어서 별장으로 돌아가야겠다고 생각하는 순간, 다시 목소리가 들렸다.

— 지유야. 엄마야.

아까와 똑같은 음성이라는 것을 알아차린 지유는 우뚝 걸음을 멈췄다. '엄마'라는 말만 들어도 그렁그렁 눈물부터 차올랐다. 하지만 지유는 돌아보지 않았다. 엄마는 오래전에 죽었으니까.

　— 엄마 안 보고 싶었어? 난 우리 딸, 보고 싶어 혼났어.

　'저도 많이, 많이 보고 싶었어요.'

　— 엄마 없이도 참 잘 자랐네, 우리 지유.

　'아빠랑 할머니가 잘 키워 주셨어요.'

　— 그랬구나. 아빠랑 할머니는 건강하시고?

　일순 지유의 눈이 커졌다. 지금 내 말을 다 알아듣는 거
야? 나 혼자 그냥 속으로 한 말인데…….

　"정말로, 엄마예요? 우리 엄마 맞아요?"

　의심 가득한 얼굴로 아주 천천히 뒤를 돌아봤다. 돌아
본 그곳엔 분홍색 원피스를 입은 젊은 여인이 서 있었다.
분명히 처음 보는 사람인데 조금도 낯설지 않았다. 아니,
눈앞에 있는 저 여자는 엄마가 틀림없었다. 너덜너덜해질
정도로 보고 또 봐 왔던 사진 속 엄마 얼굴과 똑같았기 때
문이다.

　— 그래, 엄마야. 자, 이리 오렴.

　엄마는 두 팔을 벌리며 화사하게 웃었다.

　"엄마!"

　지유는 망설일 틈도 없이 와락 엄마 품에 안긴 채 서럽

게 울었다. 왜 이제 왔느냐고, 왜 자기만 혼자 두고 그렇게 일찍 가 버렸느냐고 묻고 싶었다.

― 미안해. 엄마가 잘못했어. 이제 다시는 우리 지유 혼자 두지 않는다고 약속할게.

엄마가 등을 토닥이며 달래 주자, 지유는 포근한 햇살이 온몸을 감싸듯 따뜻한 느낌에 휩싸였다. 기묘할 만큼 행복했다. 엄마 품이 너무 편안해서 저절로 눈이 감겼다. 꿈이 아니었으면 좋겠는데……. 출렁출렁 강물 소리가 자장가처럼 귓가에 젖어 들면서 자꾸만 잠이 쏟아졌다.

✴

샴페인을 한 모금 마시고 강가로 시선을 돌릴 때였다.

"엄마, 엄마, 나도 따라갈래요……."

미약하기 그지없는 소녀의 목소리가 귓전에서 메아리처럼 울렸다. 백연의 잘 뻗은 눈썹 사이에 선명하고 깊은 주름이 졌다.

"엄마, 약속했잖아요. 나만 두고 가지 마세요……."

생명이 사그라지는 게 느껴졌다. 백연의 손에서 힘없

이 미끄러져 내린 유리잔이 바닥에 부딪히며 산산이 부서졌다. 음울한 밤하늘이 불길하게만 여겨졌다.

"아무래도 지유한테 무슨 일이 생긴 것 같아. 갔다 올게."

말을 끝내기가 무섭게 백연은 벼랑 아래로 훅 뛰어내렸다. 남은 삼인방도 곧바로 뒤를 따랐다. 백연의 눈빛이 범상치 않았던 까닭이다.

그러나 어찌 된 영문인지 강가에는 사람의 그림자조차 보이지 않았다. 합심하여 샅샅이 수색해 봤지만, 지유는커녕 지유가 왔다 간 흔적조차 찾을 수 없었다.

그즈음, 하얀 운동화 한 짝이 백연의 시야에 들어왔다. 물에 반쯤 잠긴 운동화를 집어 든 백연의 눈꺼풀이 파르르 떨리더니 곧 매섭게 뜨였다.

"설마……."

캄캄한 강물을 응시할 무렵, 또다시 지유의 간절한 음성이 귓가에 와 닿았다. 목소리가 들려오는 곳은 역시나 물속이었다. 지체할 시간이 없었다. 몸을 날려 강물 속으로 첨벙 뛰어들었다. 백연의 갑작스러운 행동에 모두가 놀라 눈을 동그랗게 떴다. 그때, 현담이 서둘러 입수하며 지시했다.

"너희는 갈아입을 옷이랑 담요 좀 갖다줘!"

물속 사정은 누구보다 훤히 꿰고 있었다. 어둡고 부연 강물을 헤치며 나아가자, 한쪽 팔로 지유를 안고 수면을 향해 오르는 백연이 보였다. 참 다행이다 싶었는데, 뭔가 수상쩍은 기운이 감지됐다. 자세히 들여다봤더니 지유의 발목을 꽉 붙들고 있는 의문의 손 하나가 보였다.

현담은 다급히 백연에게 텔레파시를 보냈다.

— 대장! 유인수예요!

백연이 당혹하여 발밑을 내려다봤다. 그런 거였군. 이제야 지유가 별안간 물에 빠진 이유가 설명되었다. 하지만 그런 건 나중에 따져도 상관없었다. 생명이 점점 꺼져가는 이 작은 소녀를 구하는 것보다 중요한 일은 없었으니까.

— 현담, 뒷일을 부탁한다.

조급해진 백연은 수면 위로 힘껏 올라갔다. 그사이, 현담은 본래의 모습인 현무로 변신했다. 검은색을 띤 거북의 등껍질 안에서 시커멓게 엉킨 뱀들이 스멀스멀 기어나왔다.

— 야, 좋은 말로 할 때 와.

— 저리 가! 내가 뭘 잘못했는데!

유인수가 마치 못 볼 것이라도 본 것처럼 소스라쳤다.

— 오면 가르쳐 줄게. 네놈이 뭘 잘못했는지. 빨리 안
와?

등껍질에서 빠져나온 뱀 한 마리가 이쪽으로 오라는
듯 대가리를 까딱거렸다.

— 하지 마! 무, 무섭다고!

혼비백산한 유인수는 점점 더 멀어졌다.

— 너만 하겠어? 아, 비주얼 진짜…….

현담은 기가 막혔다. 썩어 문드러진 얼굴에 물이끼나
덕지덕지 붙이고 다니는 주제에 얻다 대고 외모 지적인지.

— 셋 센다? 하나, 둘, 세에……엣.

기다려 줄 만큼 기다렸다고 생각한 현담은 입을 크게
벌렸다. 검디검은 맹독이 날카로이 물살을 가르며 유인수
를 향했다.

— 안 돼!

맹독을 뒤집어쓴 유인수는 단말마의 비명을 지르다가
이윽고 물거품이 되어 사라져 버렸다. 현담은 눈을 치켜

뜨며 입속말로 중얼거렸다.

"별것도 아닌 게 까불기는."

✳

'지유 양, 눈 좀 떠 보세요. 제발!'

인공호흡을 하는 백연의 눈시울은 터지기 직전의 홍시보다 붉고 축축해 보였다. 할 수만 있다면 제 숨을 남김없이 주고 싶은 심정이었다. 백연은 폐가 찢어져라 숨을 들이마시고, 그 숨을 지유의 입 안에 불어넣기를 쉴 새 없이 반복했다. 지성이면 감천이라 하던가. 끊어진 줄로만 알았던 지유의 숨이 이내 턱 트이더니 울컥 물을 뱉어 냈다.

"쿨럭, 쿨럭!"

"지유 양! 정신이 드십니까!"

백연은 물론이거니와 삼인방의 만면에도 환희와 안도감이 밀물과 썰물처럼 교차했다.

"조금만 늦었어도 송장 될 뻔했잖아. 놀라라……."

지유 스스로 일어나 앉는 모습을 보고 나서야 주아는 놀란 가슴을 쓸어내렸다.

"받아! 감기 걸려서 진짜로 뒈지고 싶지 않으면."

청류는 수건과 담요를 무심히 던져 주었다. 화가 난 것 같기도 하고 울먹이는 것 같기도 한 해괴한 표정이었다.

"고맙······ 으흠! 콜록콜록! 고맙습니다."

지유의 목에서 기침이 이어지고 숨을 내쉴 때마다 가르랑가르랑 가래 끓는 소리가 났다.

"정말 큰일 날 뻔했습니다."

백연은 측은해서 못 견디겠다는 얼굴로 지유의 몸에 담요를 덮어 주고, 마른 수건으로 젖은 머리칼도 정성껏 닦아 주었다.

"어떻게 된 거예요?"

지유가 묻자, 현담이 심각한 어조로 말을 꺼냈다.

"유인수한테 홀렸던 모양입니다. 혹시 견자님이 아는 사람의 모습으로 나타나지 않았던가요?"

"아는 사람이요?"

한참 고민하던 지유는 뭔가 떠올랐는지 눈을 반짝였다.

"엄마요. 돌아가신 엄마가 절 보러 왔어요."

"그래서 순순히 유인수를 따라가셨던 거군요."

"따라가다니요?"

"유인수는 상대가 가장 원하고 바라는 존재로 둔갑하는 요괴거든요. 견자님의 경우는 돌아가신 어머님을 만나고 싶으셨을 테니, 유인수가 그 간절함을 이용한 겁니다. 그럴싸한 환상으로 꾀어내는 치사한 수법이랄까요."

현담은 유인수의 외양을 떠올리며 새삼 치를 떨었다.

"진짜로 엄마였는데……."

"아직도 멀었구먼! 그딴 물귀신 요괴한테 이용이나 당하고 말이야. 내가 전에 뭐랬어! 견자는 냉정해야 한다고 그랬어, 안 그랬어!"

청류가 호되게 나무랐다.

"엄마 모습으로 나타날 줄은 몰랐다고요."

"잘 들어, 견자님. 요괴는 항상 사람의 제일 약한 부분을 파고든단 말씀이야. 정신 똑바로 차리고 살아!"

"그런데…… 왜 화를 내세요?"

지유는 울컥했다.

"화내는 게 아니라, 답답……."

눈치만 보던 백연이 잽싸게 그의 말을 낚아챘다.

"청류도 나름대로 걱정하고 있는 겁니다."

"아니, 무슨 걱정을 저렇게 격정적으로 하신대요?"

"누가 걱정을 했다고 그러는 거야. 나 먼저 간다!"

청류는 혀를 차더니 잰걸음으로 자갈밭을 걸어갔다.

"우리도 그만 가죠. 이러다 정말 감기 들겠습니다."

백연이 손을 내밀자, 지유가 갑자기 눈을 가늘게 뜨고 쳐다봤다.

"그 전에 뭐 하나 물어볼 게 있는데요."

"뭘 말입니까."

백연이 손길을 멈췄다. 시시때때로 변하는 지유의 표정을 도무지 읽어 낼 재간이 없었다.

"사장님이 저 구해 주신 거 맞죠?"

"그랬습니다."

"그럼…… 그, 그것도 사장님이 하셨겠네요?"

"인공호흡을 말씀하시는 거라면 제가 했습니다만. 혹여 술 냄새가 났습니까? 샴페인을 한잔하긴 했는데 상황이 워낙 급했던지라…… 죄송합니다."

백연이 무척 난감해했다. 마음이 앞선 탓에 미처 그 생각은 하지 못했던 터였다. 그러는 동안 지유의 눈길은 일자로 꾹 다물어진 백연의 입술에 머물러 있었다.

"하나도 안 났어요. 냄새 맡고 그럴 정신도 없었지만요.

어쨌든 감사합니다, 사장님. 덕분에 살았어요.”

“천만다행입니다.”

안심하는 백연과 달리 지유의 표정엔 왠지 모를 불편한 심기가 엿보였다.

‘망했어…… 어쩔 거냐고요, 내 첫 키스!’

*

한편, 본관으로 들어온 청류는 안절부절못하고 진땀만 흘렸다.

‘집이 크면 뭐 해. 제대로 된 화장실 하나 없고 말이야! 하여간 허준인가, 하준인가 하는 놈은 허세만 부리고 실속은 없다니까?’

속으로 있는 대로 욕지거리를 하며 두리번거리는데, 드디어 복도 끝에서 화장실 입구로 보이는 문이 나타났다.

“싸겠네, 싸겠어.”

청류는 오두방정을 떨며 손잡이를 홱 잡아 돌렸다. 그런데 어째선지 둥근 손잡이는 빙글빙글 헛돌기만 했다. 쾅쾅 문을 두드려 봐도 안에서는 인기척조차 느껴지지 않았다.

"미치고 환장하겠네! 어쩌라는 거야!"

도리 없이 왔던 길을 되돌아갔다. 그러다 벽에 걸린 풍경화 액자 앞에서 멈칫한 그는 별안간 이맛살을 찌푸렸다. 15도쯤 아래로 기울어진 각도가 심히 눈에 거슬렸다.

"암만 급해도 이런 꼴은 또 못 보고 지나가지."

비뚤어진 액자를 바로 잡고선 흡족한 표정을 짓던 그때, 뒤쪽에서 딸깍하는 소리가 들려왔다. 무심코 돌아보니 아까 그 문이 살짝 열려 있었다.

"고작 화장실 따위에 이런 장치를 하다니, 진짜 악취미구먼. 차라리 입장료를 받으시지 그래!"

청류는 코웃음을 치며 문을 활짝 열어젖혔다. 실내는 눈에 뵈는 게 없을 만큼 깜깜했다. 벽을 더듬어 스위치를 찾아본들 손에 닿는 건 아무것도 없었다. 궁여지책으로 핸드폰 플래시로 비춰 보았다.

"뭐야, 또?"

소변기가 있어야 할 자리에 엉뚱하게도 계단이 있었다. 모르긴 해도 지하로 이어지는 통로인 듯했다.

"나 원, 오줌 한번 누기가 이리도 힘들어서야. 그래도 입구에 화장실 표지판이 떡하니 붙어 있었으니 속는 셈 치고 믿어 보는 수밖에. 으으, 슬슬 한계다. 이러다 지리겠네."

마지막 계단까지 다 내려왔다고 생각했을 무렵, 또 다른 문이 나타났다. 문틈 사이로 희미한 불빛이 새어 나오고 있었다. 손잡이를 잡아당기자 끼익, 녹슨 쇳소리와 함께 문이 열리며 케케묵은 곰팡내가 물씬 풍겨 왔다.

"기껏 내려왔더니…… 창고였단 말이야?"

너무 오래 참느라 방광에서 통증이 느껴졌다. 도저히 참을 수 없던 청류는 빛의 속도로 지퍼를 내리고 시원하게 볼일을 치렀다.

가까스로 평상심을 되찾은 그때, 구석에 웅그리고 있는 사내와 눈이 마주친 청류는 다시금 경악하고 말았다.

"엇! 아까 그 녀석이잖아? 왜 여기 이러고……."

필한의 입은 테이프로 막혀 있고 온몸은 밧줄에 꽁꽁 묶인 채였다.

스윽 고개를 돌리자, 또 한 명의 남자가 눈에 들어왔다. 정수리가 휑하고 조금 억울하게 생긴 중년 신사의 가슴팍에 번쩍거리는 금배지가 달려 있었다. '국회'라는 글자가 새겨진 배지였다.

"얼씨구, 국회의원까지? 어, 이러고 있을 때가 아니지."

청류는 결박된 두 사람을 차례로 풀어 주고 입에 붙은
테이프도 조심스레 떼었다.

"어떤 잡놈이 이딴 괘씸한 짓을 한 거야!"

"뒤, 뒤에……."

필한이 겁에 질린 표정으로 말을 더듬었다. 조 의원의
눈도 튀어나올 듯이 커진 상태였다.

"뒤에?"

미심쩍게 돌아본 청류의 앞에 괴이한 인상의 남자가
우두커니 서 있었다.

＊

차에서 옷을 갈아입고 나온 지유가 주아에게 물었다.

"그러고 보니, 필한 오빠랑 청류 님이 안 보이네요?"

"청류야 어디 있든 상관할 바 아니지만, 필한 씨는 몇
시간이나 안 보이는 게 수상하네. 전화라도 해 보지 그래?
자, 이걸로 해. 자긴 폰 잃어버렸다며."

주아는 공연히 미소 지으며 제 핸드폰을 내밀었다.

"신상 폰 쓰시네요? 이거 카메라 화질 엄청 좋다던데."

유심히 관찰하는 지유의 눈이 초롱초롱하게 빛났다.

"사방신은 신상 폰 쓰면 안 된다는 법이라도 있어? 빨리 걸기나 하셔."

"네……."

지유는 얼른 표정을 고치고, 필한에게 연락했다.

고객의 전원이 꺼져 있습니다. 삐 소리 후 음성사서함으로 연결됩니다…….

"어라? 전화기 꺼져 있는데요?"

"꺼 놨나 보지, 그럼."

"필한 오빠는 그런 짓 안 한단 말이에요……."

지유는 말끝을 흐리며 눈을 내리깔았다. 핸드폰 전원이 꺼지면 지구가 멸망이라도 하는 줄 아는 그가, 스스로 전원을 꺼 놓았을 리가 없었다. 집 앞 슈퍼에 갈 때조차 보조 배터리를 챙겨 나갈 정도였으니까.

한쪽에 서서 팔짱을 끼고 있던 백연이 말했다.

"제가 찾아보고 오겠습니다."

"저도……."

현담이 따라나서려던 찰나, 텔레파시를 통해 청류의 목소리가 전해졌다.

— 코드 제로! 코드 제로!

서로의 얼굴을 바라보는 삼인방의 눈동자가 순간적으로 붉은빛을 띠었다가 곧 검은빛으로 돌아왔다.

"지유 양! 어서 차에 타십시오!"

밑도 끝도 없는 백연의 발언에 지유의 심장이 불안하게 뛰었다.

"저희가 돌아올 때까지 절대 밖으로 나와선 안 됩니다. 아셨습니까?"

백연의 냉랭한 눈빛에 대고 왜 그래야 하냐고 차마 물을 수 없던 지유는 일단 차에 올라탔다.

'또 자명고가 울린 건가? 난 못 들었는데…….'

귀에 들어간 물이 아직 다 빠지지 않은 탓인지도 몰랐다. 그렇다고는 해도 백연이 저렇게까지 무섭게 말하는 건 흔치 않은 일이라 걱정이 앞섰다.

'필한 오빠는 연락 두절에 청류 님까지……. 도대체 무슨 일이 벌어지고 있는 거야?'

지유의 눈가에 충충한 그늘이 졌다.

순간 이동으로 지하 창고에 도착한 삼인방은 한동안 말을 잇지 못했다. 청류의 목을 움켜쥔 이는 다른 누구도 아닌, 하준이었다.

"어찌 이런 일이……."

턱시도 차림은 그대로인데, 그의 모습은 처참하게 변해 있었다. 짙은 갈색을 띤 얼굴은 열두 개쯤 되는 혹 때문에 굴곡이 심했고, 머리에는 한 쌍의 뭉툭한 뿔이 달려 있었다. 게다가 눈은 움푹 꺼지고 시뻘건 입술은 귀밑까지 찢어진 괴기스러운 몰골이었다.

"야, 빨리!"

청류의 다급한 외침도 들리지 않을 만큼 백연의 심경은 참담하기만 했다. 15년 우정을 나눈 친구의 정체가 양반들을 잡아먹는 '영노'였다니.

보다 못한 주아가 빽 고함을 질렀다.

"백연! 정신 차려!"

현담은 민첩하게 등 뒤에서 장총을 뽑아 들고 하준의 목을 겨냥했다.

간신히 이성을 찾은 백연이 처연한 목소리로 말했다.

"하 선생. 제 동료는 그만 놓아주시죠."

"백 사장이 놓아주라면 놓아드려야지."

하준, 아니 영노는 선심이라도 쓰는 것처럼 손바닥을 쫙 펼쳐 보였다. 산만 한 덩치의 청류가 쿵 소리를 내며 바닥으로 떨어졌다.

"소원대로 해 줬으니 자네도 내 부탁 하나 들어주게."

"뭡니까?"

"저기 있는 의원님만 두고, 자네들은 갈 길 가시게나."

"왜 그래야 합니까?"

"양반 아흔아홉을 잡아먹고 이제 딱 하나만 더 잡아먹으면 등천한다네."

"부탁은 들어줄 수 없을 듯합니다."

"뭐라?"

"들어줄 수 없는 부탁이라고 했습니다."

영노와 백연 사이에 끊어질 듯 팽팽한 긴장이 흘렀다.

"자네가 내게 어찌 그럴 수 있나. 우린 붕우 아니던가."

"하 선생이 요괴라는 사실을 알기 전의 일이죠."

"방금 요괴라고 했나?"

"반인반수라도 요괴는 요괴 아닙니까."

백연이 어금니를 물고 영노를 사납게 노려봤다. 현담과 주아도 예의 주시하며 언제든 공격할 태세를 취하고 있었다.

"그리 말하니 섭섭하구먼. 자네라면 이해할 줄 알았는데."

영노가 찢어진 입을 더 크게 찢으며 비열하게 웃었다.

"부패한 양반들을 잡아먹은 걸 자랑이라도 하시렵니까."

"말 한번 잘했네. 난 선량한 사람들을 해친 적이 없다네. 내 먹잇감은 언제나 탐관오리였지. 저 작자도 백성의 혈세를 빼돌려 사리사욕을 채우는 파렴치한이고 말이야."

"그렇다 해서 잡아먹어도 되는 건 아닙니다."

"난 꼭 저놈을 잡아먹어야 하는데 어쩌겠는가. 그럼, 실례하지."

영노는 순식간에 턱시도를 벗어 백연의 면상에 던지고는 감쪽같이 종적을 감추었다.

주아가 급히 소리쳤다.

"조 의원도 사라졌어!"

"너희도 어서 따라와!"

백연은 눈을 번뜩이며 부랴부랴 놈의 뒤를 쫓아갔다.

청류도 떠나기 전에 필한을 향해 쩌렁쩌렁한 음성으로 말했다.

"이봐, 댁은 지유한테 가 봐! 우리 차에 있어. 검정 밴, 사팔공삼!"

"네!"

대답하긴 했으나 필한은 여전히 넋이 나간 채였다. 요 괴는 웬 말이고, 고서점 사장과 친구들이라는 사람들의 정체는 또 무엇인지. 뭐가 뭔지 도통 알 수가 없었지만 블 랙 위도우, 간달프, 해리포터와 셜록 홈스까지. 듣도 보도 못한 조합임에는 틀림없었다.

화월의 칼날

영노를 따라 나오긴 했는데, 워낙 신출귀몰한 요괴인지라 행방이 묘연하기만 했다.

청류가 찝찝한 얼굴로 말했다.

"젠장, 놓쳤잖아! 어디로 내뺀 거야!"

백연은 입술을 지그시 감쳐물며 옷소매를 매만졌다.

"앙앙!"

소매 안에서 불쑥 튀어나온 삼족구가 어딘가로 쌩하니 달려 나갔다.

혈압이 급상승한 청류가 호통쳤다.

"저 멍청한 개는 일도 제대로 못 하나!"

"망발을 잘도 지껄인다. 삼족구 없으면 누가 손핸데?"

주아는 청류를 찌릿 째려보며 고개를 흔들었다.

"아무짝에도 쓸모가 없잖아. 가만있다가 웬 뒷북이냐고!"

"영노가 반인반요라서 헷갈린 거 아니야?"

주아와 청류의 시선이 백연에게 집중됐다.

"게다가 하 선생은 요괴라기보다 인간 쪽에 훨씬 가까워서 삼족구도 냄새를 맡지 못한 것 같아. 하긴 나도 깜빡 속았을 정도니. 무려 15년이나……."

절망한 백연의 얼굴이 삽시간에 일그러졌다.

현담이 백연의 어깨를 툭툭 치며 건조하게 말했다.

"대장, 자책은 차후에 하시고 요괴부터 잡으러 가시죠."

삼족구가 제자리에서 껑충껑충 뛰며 빨리 오지 않고 뭘 꾸물대고 있냐는 듯이 앙칼지게 짖어 댔다.

"앙앙! 앙앙!"

"그래, 현담 네 말이 맞다. 일단 잡고 보자고."

퍼뜩 정신을 차린 백연은 허리를 꼿꼿이 세우고 맹렬히 질주했다. 뒤따르는 삼인방의 눈빛도 의욕과 패기로 형형하게 빛났다.

삼족구가 이끄는 대로 한참을 따라가다 보니 어느덧 첩첩산중이었다. 험준한 골짜기에서는 우렁찬 소리를 내며 폭포가 쏟아지고 있었다. 그 사이로 수상한 그림자가 어른거렸다.

"쉿! 놈이 방금 저기로 들어갔어."

백연은 삼족구를 다시 옷소매에 집어넣고 폭포 근방을 주의 깊게 살폈다. 그러고는 품속에서 장검을 스르륵 빼냈다. 그러자 물결 모양의 칼날에서 신묘한 빛이 뿜어져 나왔다.

'백연 녀석, 제대로 화났나 보네.'

주아의 눈썹이 살짝 꿈틀거렸다. 무기가 필요 없을 정도로 최강의 신체 능력을 지닌 그가 굳이 화월검까지 꺼내 들었다는 건, 본인이 직접 끝장을 보겠다는 뜻이다.

백연이 목소리를 낮추고 말했다.

"영노가 등천하기 전에 끝내야 해. 무슨 말인지 알지?"

"대장이 요괴를 유인하십시오. 조 의원은 제가 피신시키겠습니다."

눈치 백 단인 현담이 제일 먼저 동조했다.

"나랑 주아는 밖에서 대기할게. 주아야, 준비됐냐?"

"물어 뭐 해?"

청류가 턱을 치켜들고 확인하듯 쳐다보자, 주아는 어깨를 으쓱 들어 올리며 그 어느 때보다 자신만만한 표정을 지어 보였다. 그때, 폭포 쪽에서 어렴풋이 비명이 들렸다.

"으아악! 사, 사람 살려!"

영노가 기어이 일을 치르려는 모양이었다. 더 늦기 전에 반드시 막아야만 했다.

"가자, 현담!"

백연과 현담은 날아오르며 수신호를 교환했다.

'내가 놈의 주의를 끌 테니까, 넌 타이밍 봐서 조 의원 구출해.'

'염려 마세요, 대장.'

서로가 이해한 바로는 대략 이런 내용이었다.

'나 먼저 들어갈 테니, 넌 오 분 있다가 들어와.'

마지막 수신호를 보낸 백연이 재빠르게 폭포 안으로 침투했다. 세차게 쏟아지는 물줄기 뒤편엔 동굴 같은 것이 시커멓게 뚫려 있었다.

어둡고 습한 바닥엔 지네들이 욱시글거렸다. 한 걸음

씩 내디딜 때마다 지네 몸통이 빠직빠직 터져 나갔다. 하지만 백연은 지네 따위는 안중에도 없었다. 완악한 영노를 무너뜨릴 전략을 세우느라 머릿속은 이미 꽉 찬 상태였다.

비좁은 동굴 안으로 좀 더 들어갔을 무렵, 극악한 기운이 엄습했다. 화월검을 그러쥔 손아귀에 절로 힘이 실렸다.

"으흐흑……."

조 의원의 흐느낌이 코앞에서 들렸다. 백연은 마른침을 삼킨 뒤, 발소리를 죽이며 조심조심 다가갔다. 마침내 영노의 옆모습이 보였다.

'하 선생, 진정 자네란 말인가…….'

붉은색 바지에 검은 덧저고리를 입은 그를 바라보는 백연은 그저 비통할 따름이었다. 눈앞에 있는 건 하준이 아닌, 인간성을 완전히 상실한 요괴 그 자체였다. 불행 중 다행으로 요괴는 백연의 존재를 눈치채지 못한 듯했다. 조 의원이 백연을 빤히 쳐다보기 전까지만 해도.

"사, 살려줘!"

그 소리에 영노가 홱 돌아봤다. 백연은 숨을 깊게 들이 마셨다. 눈에는 단단한 결의가 깃들어 있었다. 이제 다른 선택지는 존재하지 않았다.

"인간을 풀어 주면 네놈은 고통 없이 없애 주마."

"비비, 비비."

요괴는 눈깔을 부라리며 괴상한 소리를 냈다. 두 손으로 검은 보자기를 잡고 얼굴을 가렸다가 조금 내렸다가 하면서. 저걸 위협이라고 하는 건가? 백연 눈에는 애들 장난처럼 보였으나, 그 장면을 본 조 의원은 사지를 바르르 떨더니 그만 혼절하고 말았다.

"말이 안 통하는 것 같으니 이젠 어쩔 수 없군."

백연은 화월검을 두 손으로 움켜쥐고 정면으로 마주 섰다. 놈은 귀까지 째진 입술을 비틀며 들쭉날쭉한 이빨을 드러냈다.

"흉하니까 웃지 마라."

"비비!"

백연의 도발에 발끈한 영노는 흉포하게 달려들었다. 백연은 동물적인 감각으로 가뿐히 공격을 피했다. 그러나 요괴의 몸놀림은 의외로 날쌨고 동작엔 거침이 없었다.

"제법이군. 이제야 싸울 맛이 나네."

백연은 조소하며 땅을 박찼다. 검의 날을 세우고 크게 휘두르자, 동굴 안에 광풍이 일며 천장에서 떨어진 흙더미가 흩어졌다.

눈 안쪽으로 흙먼지가 가득 들어오자 영노는 소리를 내지르며 뒷걸음질 쳤다. 영노가 당황하는 사이, 마침 동굴로 들어온 현담이 조 의원을 둘러업고 순간 이동으로 그 자리를 빠져나갔다.

"후우……."

이제야 한시름 놓았다는 안도감도 잠시, 조 의원이 사라졌음을 알아차린 영노는 길길이 날뛰며 포악한 본성을 내보였다.

목을 움켜쥐려는 우악스러운 손길을 백연은 아슬아슬하게 피했으나, 기필코 숨통을 끊어 놓고야 말겠다는 영노의 살기가 여실히 느껴진 탓에 이마에서는 땀이 주르륵 흘러내렸다.

'자기, 오늘따라 참 요상하네? 여느 때 같으면 수상하다고 난리 쳤을 거면서. 팬이라고 지금 편드는 거야?'

불현듯 백연은 주아가 했던 말이 떠올랐다. 지유에게 한 말이었으나, 자신에게 해당하는 말인지도 몰랐다. 인정하기는 싫지만, 아까부터 피하기만 할 뿐 제대로 된 공격은 시도조차 하지 않았다.

아직도 저자에게 미련이라는 것이 남았단 말인가…….
백연이 복잡한 감정을 주체하지 못하던 바로 그때였다.

"크헉!"

복부에서 강렬한 통증이 느껴졌다. 내장 깊숙이 파고드는 위력이었다. 이게 다 방심한 결과였다.

"네놈이 감히!"

붉어진 백연의 얼굴에 핏대가 불끈 올라왔다. 눈 밑에 경련이 일고, 검을 쥔 오른손도 덜덜 떨리고 있었다.

*

같은 시각, 지유는 저택을 돌아다니는 중이었다. 백연 일행은 감감무소식이었고, 필한의 행방 또한 오리무중이었으니 직접 찾아 나설 수밖에.

"전화 안 되니까 답답해 죽겠네. 집은 왜 이렇게 넓어?"

1, 2층을 둘러보는 데만 해도 한참이 걸렸다. 이제 남은 건 3층뿐이었다. 아니, 그런 줄 알았는데 복도에 난 커다

란 창문 너머로 작은 건물 한 채가 더 보였다.

"뭐야. 별관이 있었어? 미쳤다……."

지유의 입가로 허탈한 미소가 번졌다.

"괜히 오자고 했나?"

지유의 눈썹이 힘없이 내려앉았다. 따지고 보면 이 사달을 일으킨 장본인은 바로 자신이었기 때문이다. 푹 한숨을 쉬며 다시금 창밖을 내다봤다. 손님들의 절반 이상이 떠나간 정원에는 열 명 남짓한 인원만이 남아 그들만의 파티를 즐기고 있었다. 검지로 아랫입술을 톡톡 건드리며 그 모습을 지켜보던 지유는 문득 괴리감을 느꼈다.

"주인 없는 파티라……. 그러고 보니 하 작가님도 안 보이네?"

손님을 초대해 놓고 이렇게 오래 자리 비운다는 건, 예의를 떠나 상식적으로도 말이 되지 않았다.

'적어도 조민상 의원이 어젯밤 여기 왔다는 건 팩트니까. 저자가 최후의 목격자일지, 유력한 용의자일지는 조사해 봐야 아는 거 아니겠어?'

문득 필한의 말이 뇌리를 스치고 지나갔다. 설마……. 지유는 머리카락을 헝클어뜨리며 세차게 고개를 저었다.

"에이, 증거도 없이 남을 함부로 의심하면 못쓰지."

그러나 무심결에 시작된 의심은 쉽사리 지워지지 않았다. 필한이 마지막으로 같이 있었던 인물이 하준 작가라는 사실만큼은 부정할 수 없었으므로.

"치, 핼러윈 파티라고 해서 재밌을 줄 알았는데 하나도 재미없네."

복도를 터덜터덜 걸어가는 지유의 얼굴은 어느새 울상이 되어 있었다. 마음속에서 끊임없이 양가감정이 일어났다. 필한을 찾게 되면, 그래서 정말로 하 작가가 납치범으로 밝혀진다면 어떡하지?

"아아, 모르겠고. 일단 찾기나 하자."

나중 일은 나중에 생각해도 늦지 않는다며, 지유는 흐지부지 결론을 내려 버렸다.

＊

백연은 날카롭게 벼린 칼날로 단숨에 영노의 손목을 베었다. 댕강 잘려 나간 흉측한 손이 바닥에 나뒹굴었다.

"비비이이이!"

요괴가 고통에 못 이겨 울부짖는 틈을 타 백연은 혼신의 힘으로 일격을 가했다. 심장을 향해 칼을 내리꽂자, 공기를 찢는 듯한 소리가 났다.

하지만 어느 틈에 등 뒤로 다가온 요괴가 악어 같은 이빨로 백연의 목덜미를 물어뜯으려 했다. 비릿한 웃음을 짓는 영노의 눈자위에 광기가 배어 있었다. 백연은 재빨리 팔을 뻗어 안전 거리를 확보한 다음, 요괴의 몸통에 칼날을 밀어 넣었다.

"네놈은 여기까지다!"

그때, 백연의 발밑으로 무언가가 툭 떨어져 내렸다. 푸른빛이 감도는 영노의 허물이었다. 또 속다니⋯⋯. 머리끝까지 화가 치밀어 오른 백연은 놈을 붙잡기 위해 미친 듯이 달음질쳤다.

백연은 삼인방에게 텔레파시를 보냈다.

— 얘들아! 놈이 도망쳤어!

— 이리로는 안 나왔는데?

— 뭐?

달리 할 말을 찾지 못한 백연의 시야에 또 다른 통로가 들어왔다. 미꾸라지 같은 놈, 저기로 빠져나간 게로구나.

— 출구가 더 있어! 흩어져서 찾아!

백연은 출구를 향해 전력으로 돌진했다. 그러면서 자신을 채찍질하듯 기합을 집어넣었다. 분개한 백연의 안광이 붉게 번뜩였다.

동굴 밖으로 나오자 급경사의 비탈길이 기다리고 있었다. 감각을 곤두세우고 수풀을 투시해 봤더니, 그 길 끝자락에 하준의 별장이 보였다.

'지유 양이 위험해!'

갑자기 백연의 심장이 요동치고, 관자놀이가 팔딱댔다. 눈앞에 보이는 게 아무것도 없었다.

순간 이동 능력을 사용하기에는 정신 집중이 불가능하여 백연은 눈처럼 흰 호랑이로 변한 뒤 성난 듯 포효했다. 그러자 드센 돌풍이 일어나며 땅이 진동하더니 주변의 모든 수목이 일제히 쓰러졌다.

*

초음속으로 달려 주차장에 도달한 백호는 으르렁거리며 검은색 밴의 창문을 들여다봤다. 차 내부는 그림자처럼 어두웠다.

'이미 늦었단 말인가……'

가슴이 조여들며 숨이 가빠지던 그때 주아의 음성이 텔레파시를 통해 들려왔다.

— 백연! 정원으로 빨리 와! 여기 난리 났어!

대답할 새도 없이 향한 그곳은 그야말로 아비규환의 현장이었다. 폭주한 영노가 닥치는 대로 공격하는 바람에 사람들은 경악하며 이리저리 뛰어다녔다. 참혹한 광경을 더 지켜볼 수 없던 백호는 일단 주술로 시간을 멈추었다. 살려 달라 애원하는 사람들의 얼굴이 순식간에 박제처럼 굳어 버렸다.

"비비! 비비!"

영노의 얼굴에 당황한 기색이 역력했다. 충격에서 헤어 나오지 못한 요괴는 사람들 사이를 오가며 광증에 가까운 괴성을 질러 댔다.

"그렇게 신경 쓰이면, 내 기꺼이 도와주지."

어느 틈에 인간으로 돌아온 백연이 허공에 손을 대자, 정원에 있던 사람이 하나둘씩 지워졌다. 이윽고 모든 사람을 풍경에서 지워 버린 백연은 의미심장하게 외쳤다.

"지금이야!"

어디선가 날아온 불화살이 영노 몸뚱어리에 적중했다. 영노가 주춤하며 뒤로 물러나는 찰나에 검은 탄환이 어깻죽지에 박혔다.

"오케이, 마이 턴!"

그사이에 높이 뛰어오른 청류가 체중을 실어 놈의 머리에 철퇴를 내리쳤다. 주아도 지체 없이 세 발의 불화살을 활시위에 걸고 연발로 쏘아 댔다. 마지막으로 현담까지 가세해 올가미를 던지자, 중심을 잃은 요괴가 비틀거리며 신음했다.

"겨우 이 정도였으면서 뭘 믿고 나댄 거야?"

"그러게, 쉽게 좀 가지. 집념 한번 대단하다, 정말!"

주아와 청류는 승리를 자신했다. 그러나 백연의 표정은 여전히 심각하기만 했다.

"아직 안 끝났어. 저길 보라고."

"뭐?"

모두가 시선을 돌렸다. 영노는 부지불식간에 몸에 박힌 화살을 전부 빼내고 올가미 밧줄까지 끊어 버렸다. 그리고 입고 있던 검은 덧저고리를 신경질적으로 벗어 던지자 곧 딱딱한 비늘로 뒤덮인 시퍼런 육체가 드러났다.

"쟤는 벗는 게 취미야? 심심하면 벗어젖히네."

"비비!"

"알았어, 알았어. 네 갑옷 겁나 튼튼하다."

"비비이이!"

괜히 화만 돋웠는지 요괴는 귀가 찢어지도록 발함하며 득달같이 청류에게 달려들었다. 백연이 얼른 그 앞을 가로막고 화월검을 휘둘렀다. 요괴는 뱀처럼 유연하게 허리를 뒤틀며 칼날을 피해 갔다.

백연 역시 그 정도는 얼마든지 예상했다는 듯, 검을 반 바퀴 돌려 놈의 모가지를 길게 그었다. 그러나 요괴의 몸에서 단단한 비늘이 솟아오르며 물결 모양의 칼날을 튕겨 냈다. 날이 지나는 방향을 따라 푸른 불꽃이 튀어 올랐다.

'징글징글한 놈!'

백연은 날렵하게 발을 움직여 바람보다 빠르게 돌아섰다. 재차 영노의 빈틈을 공략하려던 그때였다.

"그만해! 우리 사장님한테서 당장 떨어지란 말이야!"

느닷없이 들려온 지유 목소리에 백연의 머릿속이 일순 백지장처럼 새하얘졌다. 어서 피하라고 말하기도 전에 영노가 새로운 목표물에 달려들었다.

"으아악, 저리 가!"

지유가 본능적으로 두 팔로 얼굴을 가리는 순간, 손가락에 끼워진 구슬 반지에서 엄청난 섬광이 한꺼번에 폭발하듯 터져 나왔다. 세상의 모든 것을 집어삼키고, 파멸시켜 버릴 것만 같은 빛이었다.

"끄아아악!"

질끈 눈 감아 버린 요괴가 가까스로 눈을 떴을 땐, 몸이 공중으로 붕 떠오른 상태로 보랏빛 오각형 결계 안에 갇혀 버린 후였다.

감탄한 청류가 입을 헤벌린 채로 물었다.

"헐, 대박! 저건 뭐냐?"

잠시 생각에 젖어 있던 백연이 틈을 두고 답했다.

"오상(五常)."

'사장님! 이 반지요. 업그레이드 좀 시켜 주시면 안 돼요? 담대한 마음만 있으면 뭐 하냐고요. 그에 상응하는 힘이 없는데. 이건 사양이 너무 낮아요.'

하도 투덜거리기에 오상과 함께 자신의 힘을 나눠 준 것뿐인데, 이렇게 쓰일 줄은 백연조차 알지 못했다. 하나,

지유가 만든 결계는 언제 무너질지 몰랐다. 오력(五力)을 제대로 쓰려면 오랜 수행이 필요했기 때문이다.

백연이 굳건하게 소리쳤다.

"애들아, 각자 위치로!"

삼인방이 일사불란하게 동서남북으로 흩어져 적당한 간격을 두고 섰다. 모두가 자리 잡은 것을 확인한 백연은 합장한 뒤 경건하게 주문을 외웠다.

"사방신의 이름으로 명하노니, 세상을 어지럽히는 악한 세력은 영원한 암흑 속으로 사라질지어다. 또한 사방신의 이름으로 원하노니, 암흑 속으로 사라진 후에도 사방 포진 결계에 묶여 끝나지 않는 고통을 받을지어다."

주문이 끝나기 무섭게 사방신의 머리 위로 거대한 빛줄기가 쏟아졌다. 굉장한 속도로 하강한 빛줄기는 어느덧 투명한 쇠사슬로 바뀌어 영노의 전신을 옭아맸다.

"으어억!"

영노가 죽기 살기로 몸부림치는 사이, 백연은 지면을 박차고 공중으로 날아올라 놈의 심장에 화월검을 깊숙이 찔러 넣었다. 불시에 습격을 당한 영노의 눈자위에 검붉은 피가 번졌다.

"잘 가시게, 친구."

백연은 비장한 표정으로 검을 빼냈다. 피로 물든 화월검이 활활 타올랐다.

얼마 지나지 않아, 요괴의 몸에 숱한 구멍이 뚫리며 무서운 기세로 연쇄 폭발이 일어났다. 영노는 온몸의 살점이 부서지고 떨어져 나가는 그 순간에도 발악하며 독기 서린 표정을 거두지 않았다.

"끝까지 지랄이다, 망할 놈."

청류가 이를 빠드득 갈았다.

"그래도 덕분에 좋은 구경 하네."

주아의 시선이 닿은 곳에 영노의 몸에 갇혀 있던 아흔아홉 개의 영혼이 줄지어 승천하는 장관이 펼쳐졌다. 그러는 동안 기진맥진한 백연은 비틀걸음으로 지유에게 다가갔다.

백연은 스스로의 힘을 통제하지 못해 정신을 잃은 지유를 안쓰럽게 내려다보며 잠시간 묵례했다. 저와 동료들을 위기에서 구해 준 것에 대한 감사 표시였다. 그 장면을 목격한 청류가 한달음에 뛰어와 말했다.

"알바생이 기어코 죽어 버리고 만 거야? 오호통재로다!

결국 이렇게 죽을 팔자였단 말이냐. 어린 나이에……."

"무슨 헛소리야."

백연이 눈썹을 움찔하며 인상을 썼다.

"방금 묵념한 거 아니었어?"

"아니거든."

"그럼 뭐 한 건데?"

"있어, 그런 게. 아, 참! 현담, 조 의원은 어떻게 됐어?"

민망해진 백연이 은근슬쩍 말을 돌렸다.

"저희 차 트렁크에 잘 숨겨 놨죠."

"잘했다. 넌 가서 조 의원 좀 데려와. 난 슬슬 뒷정리할 테니까."

"예, 대장!"

현담은 장난스럽게 경례하며 주차장으로 향했다.

주아가 현담의 뒤통수에 대고 물었다.

"야, 잠깐! 필한 군은?"

"음, 그 친구도 혹시 몰라서 같이 트렁크에 넣어 뒀어."

"물건이야, 넣어 두게? 기막혀, 정말. 빨리 꺼내 와!"

"고막 나가겠네……."

현담은 툴툴거리며 발길을 옮겼다.

"왜들 싸우시는 거예요?"

부스스 깨어난 지유가 걱정스러운 얼굴로 쳐다봤다.

"깨어나셨군요. 괜찮습니까, 지유 양?"

"어지럽고 울렁거리는 것만 빼면 괜찮은 거 같아요. 근데 왜 싸우시는 거냐고요."

"싸우는 거 아닙니다. 그렇게 보이는 것도 무리는 아니지만요."

백연은 멋쩍게 웃으며 뺨을 긁적였다.

"지금 그게 중요한 게 아니라, 병원부터 가야 하는 거아니야? 자기 오늘 두 번이나 기절했잖아."

당당하기만 했던 주아의 표정이 비 오기 직전의 날씨처럼 흐려졌다.

"그 정도는 아니에요. 아, 맞다. 요괴는요?"

"지유 양의 활약으로 깔끔하게 물리쳤습니다. 고생하셨습니다."

"제가요? 언제요?"

지유는 영문을 모르겠다는 듯 눈을 쌈박거렸다.

"기억나지 않는 것도 당연합니다만……."

백연은 잠시 말을 삼켰다.

"왜 말을 하다가 마세요?"

"그 얘긴 차차 하기로 하지요. 지금은 따로 할 일이 있어서 말입니다."

"할 일이라니요?"

"보시다시피 요괴 놈이 행사장을 난장판으로 만들어 놔서 떠나기 전에 원상복구를 해 놓아야 하거든요."

엎어지고 부서진 테이블이며 깨진 식기가 바닥에 수두룩하게 널려 있었다.

"그러고 보니 전쟁이라도 난 것 같네요. 여기 있던 손님들은 다 갔어요?"

"이제 보내 드려야지요."

"그게 무슨 말씀……."

지유가 말을 채 끝내기도 전에 백연은 손가락을 딱 튕겨 시공간의 장막을 거둬 냈다. 그러자 굳은 채로 멈춰진 사람들이 다시금 눈앞에 나타났다. 또 한 번 손가락을 튕겼을 땐, 멈춰 있던 사람들이 기함을 치며 사방팔방으로 달아났다.

"가, 갑자기 무슨 일이에요?"

예기치 않은 상황에 지유가 어쩔 줄 몰라 하는 사이, 백연은 차분히 양 엄지와 검지를 맞대어 삼각형을 만든 뒤 한쪽 팔꿈치를 직각으로 들어 올렸다. 그랬더니 초토화된 행사장이 눈 깜짝할 새 원상태로 복구되었다. 손님들도 아무 일도 없었다는 듯 태연히 행동했다.

"방금 뭐 하신 거예요, 사장님?"

"시간을 조금 되돌린 것뿐입니다. 제가 지닌 능력 중에는 시공간의 운용도 포함되어 있습니다만. 전에 말씀드린 적이 없던가요?"

지유는 단호하게 답했다.

"네."

"어찌 됐든 간에, 이곳에 있는 사람들은 아무것도 기억하지 못할 겁니다. 물론 저기 오는 이들도 예외는 아니고요."

저만치에서 걸어오는 필한과 조 의원을 바라보는 백연의 눈매가 초승달처럼 갸름해졌다. 입가에는 산뜻한 미소가 가득 흐르고 있었다. 다친 사람 없고, 요괴까지 무찔렀으니 이만하면 해피엔딩이라고 생각하면서.

바람이 전하는 말

해안선에 부딪히는 파도 소리가 시원하게 들려왔다. 밤하늘엔 별이 총총히 빛났다. 화월 고서점 식구들은 모닥불 주위에 빙 둘러앉아 못다 한 이야기를 나누었다.

"약간 예상은 했는데, 하준 작가님이 진짜 납치범이었다니 확 깨네요. 심지어 요괴일 줄은 상상도 못 했다고요!"

지유는 우울했다가 화를 냈다가 기분이 아주 널을 뛰고 있었다.

"제 말이 그 말입니다. 15년을 교제했으면서도 전혀 눈치채지 못했다니, 수치스러워 견딜 수가 없습니다."

백연도 고개를 숙인 채로 홧술을 들이켰다.

"살다 보면 실수도 하고 그러는 거지. 제아무리 신이라
도 작정하고 속이는 놈을 어떻게 당해?"

주아는 뭔가를 북북 찢어 모닥불을 지피는 중이었다.

지켜보던 청류가 고개를 갸웃하며 물었다.

"그건 뭐냐?"

"그 요괴가 쓴 책. 땔감은 이거면 충분하겠어."

"갑자기 그게 어디서 났는데?"

"너희가 텐트 치는 동안 고서점에서 살짝 가져왔지. 이
런 건 남겨 두면 안 돼. 재수 옴 붙는다고. 너희도 놀지 말
고 빨리 찢어."

"통째로 태우면 되지, 뭘 또 일일이 찢고 있냐?"

"스트레스 풀리잖아. 자기도 해 봐. 은근 효과 있다?"

주아는 싱긋 웃으며 켜켜이 쌓인 책 중 하나를 골라 지
유의 손에 덥석 쥐여 주었다.

"너무해요."

책을 움켜쥔 지유가 입을 비죽거리며 울먹였다.

"태우기 싫음 이리 줘, 그냥."

괜히 미안해진 주아가 다시 책을 가져가려 하자, 지유
는 악착같이 버티며 책을 사수했다.

"내가 얼마나 좋아했는데…… 이게 뭐예요, 정말……."

가라앉은 분위기라 말을 걸기 쉽지 않았다. 이럴 때는
그냥 내버려 두는 게 상책이라고 생각한 주아는 슬며시
손을 거뒀다. 잠시 정적이 흐르는가 싶더니, 청류가 종이
뭉치를 불구덩이에 던지며 말했다.

"뭐긴 뭐야. 인생의 쓴맛이지."

"쓴맛이 아니라 매운맛이거든요?"

"둘 다 혀를 고통스럽게 하는 건 매한가지란 말씀. 천하
의 백연도 눈 뜨고 당한 이 마당에, 견자님도 그만 잊어버
리라고."

뜨끔한 백연은 캔 맥주만 홀짝거렸다. 거의 잊을 뻔했
는데, 청류 때문에 다시금 침울해지고 말았다.

"전 용서가 안 돼요. 만 개가 넘는 직업 중에 왜 하필이
면 작가를 골랐냐 이거예요. 아, 열받아! 짜증 나! 아니, 애
초에 요괴가 직업이 왜 필요한데요?"

지유는 납득이 안 간다는 표정으로 청류를 바라봤다.

"양반을 아무 때나 잡아먹을 수 있는 게 아니걸랑. 기회

는 1년에 딱 한 번이니까, 자그마치 99년을 그러고 살았을 거 아니야. 인간 세상에 섞여서 살아야 하니 돈벌이가 필요했겠지, 뭐."

"그 돈벌이를 왜 글 써서 하냔 말이에요, 제 말은."

청류가 눈을 치뜨고 물었다.

"팬이었다면서 그것도 몰라?"

대화의 흐름이 예상치 못한 방향으로 튀어버린 탓에, 지유는 뭐라 답하지도 못하고 눈만 껌벅거렸다.

"이것 좀 보라고. 살해 장면이 어마무시하게 실감 나잖아. 피해자들도 정치인 아니면 재력가고 말이지. 이쯤에서 뭐 짚이는 거 없어?"

청류는 펼친 책장을 지유의 눈앞에 들이밀었다.

"추리소설이니까 당연하죠."

대꾸하면서도 책을 낚아챈 지유는 해당 페이지를 빠르게 읽어 내려갔다. 예전엔 몰랐는데, 그런 사건을 겪고 보니 문장 하나하나가 달리 보였다.

"자전적 소설이다?"

"꼭 그렇다는 보장은 없지만, 어쨌든 누구나 자기가 제일 잘하는 걸 직업으로 삼는 거 아니겠어? 아마 하준이라는 이름 말고도, 다른 필명으로 활동했을 가능성이 매우 높다고 볼 수 있지."

"더 짜증 나네요. 아우!"

감정이 격화된 지유는 갑자기 광인처럼 책을 찢어발기기 시작했다. 모두가 놀란 얼굴로 쳐다봤으나, 주아는 픽 웃어넘겼다.

"거봐, 내가 뭐랬어. 스트레스 풀린다니까?"

"자, 자. 그 얘기는 이쯤에서 마무리하고 기왕 여기까지 왔는데, 이제부터라도 엠티인가 뭔가를 시작해 보는 것이 어떻겠습니까?"

잠자코 있던 백연이 특유의 말투로 지유를 진정시켰다.

한풀 꺾인 지유가 속마음을 입 밖으로 꺼냈다.

"사장님은 참 대단하신 거 같아요."

"저 역시 들뛰는 마음을 억누르고 있을 뿐입니다."

백연은 손에 쥐고 있던 빈 맥주 캔을 꽉 찌그러뜨리며 입꼬리를 무리하게 끌어 올렸다.

"아니, 그게 아니라요. 하 작가가 요괴라고는 해도 한때 친한 사이셨잖아요. 사장님 손으로 직접 없앤다는 게 쉽지 않았을 텐데, 어떻게 하셨어요?"

지유의 물음에 백연은 대답을 미루고 사색에 잠겼다.

그 틈을 놓치지 않고 청류가 둘 사이에 훅 끼어들었다.

"뭘 어떻게 해, 봐주면서 했지! 그것도 팍팍 티 내면서!"

"티만 냈으면 다행이게? 백연, 너 심하게 뜸 들이더라? 양심의 가책이라도 느낀 거니?"

"대장답지 않았습니다."

얌체 운전자를 따라 꼬리 물기를 하듯 주아와 현담도 연달아 한마디씩 했다. 듣다 보니 지유도 궁금해졌다.

"근데요. 전에 사장님이 유사시엔 호랑이로 변신한다고 하셨잖아요. 이번 같은 경우가 유사시 아니에요? 호랑이로 변신했으면 그런 요괴 따윈 한 방에 보내 버릴 수 있었을 거 같은데."

"최소한의 예우 정도는 갖추고 싶었습니다. 한때나마 우정을 나눈 이에 대한 마지막 배려쯤으로 생각해 주시죠."

친밀한 벗을 떠나보낸 백연의 심정을 온전히 이해할 수는 없었지만, 애써 미소 짓는 그의 얼굴이 퍽 쓸쓸해 보였던 탓에 지유는 더 이상 아무것도 묻지 않았다.

"시끄럽고! 거국적으로 건배나 하자. 견자님은 사이다 들고!"

청류가 절묘한 타이밍에 운을 떼더니, 늠름하게 선창 했다.

"제1회 단합 대회를 위하여!"

"위하여!"

"화월 고서점의 무궁한 발전을 위하여!"

"위하여!"

"우리의 견자님을 위하여!"

"위하여!"

한 명도 빠짐없이 각자 들고 있던 잔을 힘차게 부딪쳤 다. 살얼음판 같던 분위기가 단번에 화기애애해지며 저마 다 얼굴에 활기가 돌았다.

"그나저나 다들 배 안 고프냐? 고기 먹자, 고기!"

청류가 벌떡 일어나자, 주아도 옷에 묻은 모래를 털며 일어섰다.

"후후. 이 순간을 위해 내가 준비했지. 아이스박스에 삼 겹살이랑 목살, 한우까지 다 있어. 특등급으로 사 왔으니 까 기대들 하셔."

"같이 가. 들어 줄 테니까."

현담도 뒤따라 몸을 일으키며 주아와 함께 차 쪽으로 걸어갔다.

"그럼 우리는 숯 피우고 고기 구울 채비나 하자."

"넌 숯 피워. 난 마실 것 좀 더 챙겨 올게."

"저는 쌈 채소 씻고 그릇 세팅할게요."

자연스럽게 역할 분담이 끝났다. 지유는 크게 심호흡하고 별이 쏟아질 듯한 밤하늘을 올려다봤다.

이제야 비로소 엠티를 왔다는 사실이 실감 났다. 바닷바람에 상쾌한 솔 내음이 살랑살랑 실려왔다.

＊

고기로 든든하게 배를 채우고, 게임도 하며 즐거운 한때를 보낸 이들은 다시 동그랗게 모여 앉았다.

"간만에 재미난다! 엠티 안 왔으면 어쩔 뻔했냐?"

흥이 오른 청류의 얼굴에서 함박웃음이 떠날 줄 몰랐다.

"그 잘생긴 총각도 같이 왔으면 더 재미났으련만."

주아는 못내 아쉽다는 표정으로 지유를 빤히 바라봤다.

"잘생긴 총각……이요?"

"탐정 사무소에서 일한다는 키 큰 총각 말이야."

"필한 오빠요? 난 또 누구라고…….."

"집안끼리 아는 사이라고 했지? 어떻게 아는 사인데?"

주아는 뭐가 그리도 알고 싶은지 꼬치꼬치 캐물었다.

지유는 귀찮은 기색 없이 대꾸해 주었다.

"필한 오빠네 아버지랑 저희 아빠가 경찰 시절 선후배 사이세요. 두 분 다 젊은 나이에 혼자 되셔서 그런지 옛날부터 가깝게 지내셨어요. 필한 오빠랑 저도 어릴 때부터 남매처럼 자랐고요."

"남매 같은 사이였구나. 남매 좋지."

주아의 말투에서 야릇한 뉘앙스를 느낀 지유는 미간을 모은 채 반문했다.

"필한 오빠랑 제가 정혼이라도 한 줄 아셨나 보죠?"

"아니, 뭐 꼭 그런 건……. 필한 씨 아버지는 탐정 하신 댔고, 자기 아버진 무슨 일 하셔?"

주아의 말 돌리기 솜씨는 언제 보아도 일품이었다.

"대학에서 범죄심리학 가르치세요. 경찰 일 하실 때 프로파일러셨거든요. 그런데 저 지금, 왜 취조당하고 있는 거예요?"

지유가 의아한 눈으로 쳐다봤다. 그러자 주아는 요란하게 웃으며 손이 보이지 않을 정도로 내저었다.

"어머, 취조는 무슨! 우리도 이제 한 식구인데 이 정도는 알고 있어야지. 안 그래?"

"그런 거라면 얼마든지 물어보시고요."

금세 안심한 지유는 사방신과 번갈아 가며 눈을 맞추었다. 청문회에 출석한 증인처럼 진실만을 말할 것을 다짐하는 눈빛이었다. 그때, 백연이 조심스레 입을 열었다.

"음…… 유인수에게 홀렸을 때 말입니다. 돌아가신 어머니의 모습이었다고 했는데, 어머님은 언제 돌아가신 겁니까?"

"제가 태어난 지 18개월 됐을 때요. 당연히 기억은 안 나지만, 아빠가 그러시는데 사고가 나서 차가 강물에 빠졌대요. 열 시간쯤 지난 후에 우연히 지나가던 행인이 신고해 주기는 했는데요. 전복된 차량을 끌어 올려 보니 엄마는 이미 돌아가신 상태였고, 카시트에 매달린 아기만 살아 있었대요."

"카시트에 매달려 있어서 물에 닿지 않았나 보군요."

백연은 느릿하게 주억거렸다.

"저체온증인 데다 아무것도 먹지 못해서 신체 기능이 느려진 덕에 오히려 버틸 수 있었다나 봐요."

지유는 남의 이야기를 들려주듯 담담하기만 했다.

"새삼 느끼는 바지만, 지유 양은 천운을 타고나셨습니다. 견자의 운명을 짊어진 아기는 과연 떡잎부터 남다른가 봅니다."

이제야 모든 의문이 풀린 듯했다.

"당시엔 '미러클 베이비'다 뭐다, 기사도 나고 그러긴 했어요. 일주일도 못 가서 묻히긴 했지만요. 그런데 진짜 기적에 대해서 말하는 기자는 한 명도 없더라고요."

지유의 눈가에 물방울 같은 것이 반짝였다.

주아가 차분하게 되물었다.

"진짜 기적이라니?"

"구조대가 도착했을 때, 엄마는 눈도 감지 못하고 머리 위로 카시트를 들어 올리고 있었대요. 무려 열 시간 동안이나 그러고 계셨던 거죠. 저를 살린 건 운명 같은 게 아니라, 바로 엄마였어요."

"어머님의 모성이 만들어 낸 기적이었군요."

일시에 분위기가 숙연해졌다.

"아무튼 저는 바로 병원으로 이송돼서 열흘 만에 퇴원했대요. 아무 이상도 없이 말짱하게요. 저 진짜 건강 체질로 태어났나 봐요."

사방신을 의식한 지유는 여느 때보다 더 명랑하게 말했다. 청류는 그 마음을 헤아리기라도 한 것처럼 농담조로 말을 걸어왔다.

"몸이라도 튼튼해서 다행이구먼. 공부엔 소질 없잖아."

"그래서 아빠가 어릴 때부터 운동시키셨어요."

"제법 현명한 아버지네. 좋았어! 오늘부터 특훈이다!"

"갑자기요?"

"쇠뿔도 단김에 빼라고 했지. 일어나, 얼른!"

"뭘 하시려고요?"

청류가 성화하는 바람에 지유는 얼떨결에 일어났지만, 영 내키지 않았다. 백연에게 좀 말려 달라고 사인을 보내도 소용이 없었다. 주아와 현담 역시 강 건너 불구경하듯 수수방관할 따름이었다.

"알바생, 무슨 운동을 했나?"

"유도, 합기도, 검도랑 특공 무술이요."

"얼마나 배웠는데?"

"유도는 4단이고요, 합기도는 3단, 검도는 6단이에요. 특공 무술 배운 지는 얼마 안 됐는데⋯⋯. 왜 그러시냐고 요, 정말."

지유의 속이 팥죽처럼 끓고 있었다. 이유 정도는 말해 줄 법도 했으나, 청류는 그럴 생각이 눈곱만큼도 없어 보 였다.

"기본기는 나름 탄탄하구먼. 현담, 알바생한테 목검 하 나 줘 봐라."

"목검이 어디 있다고⋯⋯."

헛웃음을 짓는 그때, 현담이 목검을 획 던져 주었다. 반 사적으로 그것을 받아 낸 지유의 눈이 휘둥그레졌다.

"이걸 왜 갖고 계세요?"

현담이 진중한 말투로 답했다.

"목검 외에도 이것저것 많이 가지고 다니니까 필요한 게 있으면 뭐든지 말씀해 주시죠, 견자님."

"여러분이 사방신이라는 걸 제가 자꾸만 까먹네요."

"그만 떠들고, 집중! 집중!"

청류가 손뼉을 치며 주의를 환기시켰다.

"그래서 뭐요. 대련이라도 하자고요?"

"대련 같은 소리 한다. 나랑 대련하려면 백 년 후에나 신청하시지. 그때까지 살아 있을지는 모르겠다만."

"길고 짧은 건 대봐야 아는 거죠. 마술, 마법, 주문 기타 등등 그런 거 안 쓰겠다고 약속하시면 저도 지지 않을 자신 있거든요?"

말해 놓고 아차 싶었던 지유의 동공이 살짝 흔들렸다.

"이런 건방진 고딩 좀 보소? 얘들아, 우리 알바생이 도전장을 내미시는데, 어쩌면 좋냐?"

청류가 이죽거리며 삼인방을 쳐다봤다.

"난 지유 양한테 걸지."

"저도 견자님이요."

"당연한 거 아냐? 나도 지유한테 한 표."

백연은 물론이거니와 현담과 주아까지 뜻을 모았다.

"자, 잠깐만. 너희 뭐냐? 미친 거 아니야?"

몹시 당혹한 청류의 얼굴이 붉으락푸르락 달아올랐다.

"청류, 너 칼 더럽게 못 쓰잖니. 까놓고 말해서, 철퇴 휘두르는 거 말고 네가 잘하는 게 있기나 해?"

주아가 비아냥거리자 자존심이 상한 청류는 목을 우두

둑 꺾으며 눈을 부릅떴다. 칼을 안 쓰는 것뿐이지, 못 쓰는 게 아니라는 둥 인간 따위는 발가락만 사용해도 이길 수 있다는 둥 큰소리를 떵떵 치면서 말이다.

"알바생! 졌다고 울지 마라? 안 봐줄 테니까."

어느 틈에 목검을 건네받은 청류는 칼끝을 지유에게 겨누며 선전포고했다. 그 순간 지유는 깨달았다.

'청류 님은 항상 작은 일에 진심인 편이시구나.'

폭염주의보

그로부터 며칠이 지난 어느 날. 처마 끝에서 풍경이 울었다. 그 아래로 쇠끼리 부딪치는 날카로운 소리가 들려왔다. 툇마루에 나란히 걸터앉은 백연과 현담은 말없이 마당을 응시하고 있었다.

"다시!"

청류가 쳐 낸 지유의 검이 흙바닥에 떨어졌다.

"조금만 쉬었다 하면 안 돼요?"

지유는 볼멘소리를 했다. 땀에 흠뻑 젖은 머리카락이 아무렇게나 엉겨 붙은 채였다. 물집이 잡힌 손은 쓰리고 아팠다.

"쉬긴 뭘 쉬어!"

"청류 님, 너무해요!"

"자신 있거든요? 요러고 눈 쫙 찢으면서 째려보던 버릇 없는 아가씨는 어디 가셨을꼬?"

청류는 지유 말투를 흉내 내며 한껏 조롱했다.

"그땐⋯⋯."

유치했다. 눈물이 핑 돌 정도로 유치했다.

"결과에 승복하는 게 무도인의 자세라고 안 배웠어? 약속은 약속. 군말 말고 칼이나 집어."

"땡볕이나 어떻게 해 주시든가요! 오늘 폭염주의보래요!"

결국 지유도 있는 대로 짜증을 부렸다.

"해 주면 될 거 아니야!"

맞받아친 청류가 구름을 불러 모았다. 쨍쨍했던 하늘이 삽시간에 먹구름으로 뒤덮였다. 지유는 울며 겨자 먹기로 다시 검을 집어 들었다.

그사이, 백연과 현담은 복화술로 대화를 주고받았다.

"대장, 청류가 진짜로 이길 줄은 몰랐는데요."

"지유 이겼다고 으스대는 꼴이 나는 더 충격이었어."

"그래도 결과적으로는 잘된 일 아닐까요?"

"뭐가?"

"청류가 책임지고 견자님 훈련을 도맡았으니 말이죠."

"음, 그래서 말인데 네가 좀……."

백연이 말하려던 그때 마당에 나타난 주아가 다짜고짜 언성을 높이며 청류를 나무랐다.

"애를 죽여라, 죽여! 그게 훈련이야? 아동학대지!"

"주아 님!"

지유는 구세주를 만난 듯 반가운 마음에 쪼르르 달려가 주아 뒤에 몸을 숨겼다. 이보다 완벽한 방패는 없었다.

"넌 빠져! 왜 남의 일에 끼어들고 난리야, 난리긴!"

청류는 아니꼬운 심기를 거침없이 드러냈고, 그의 말은 어김없이 주아의 심기를 건드리고 말았다.

"남의 일? 싸가지 없는 놈, 말하는 것 좀 봐."

"그래, 뭐. 방금한 말은 취소. 됐냐! 암튼 간에 이건 어디까지나 나랑 견자님의 문제니까……."

"청류, 네 방식은 심하게 무식해. 체계라는 게 없다고."

주아가 청류의 말을 냉큼 가로챘다.

"체계?"

잔뜩 흥분했던 청류가 불현듯 곤란한 표정을 지으며 눈을 내리깔았다. 돌이켜 보니 한 번도 누굴 가르쳐 본 기억이 없었다. 그동안 화월 고서점을 거쳐 간 견자는 아홉 명이나 되었으나, 무도에 소질을 보인 견자는 지유가 처음이었으니 말이다.

"몰아붙이기만 한다고 능사가 아니야. 그러다 애만 다친다고. 더군다나 그거 진검이잖아. 내 말은, 가르치지 말라는 게 아니라 제대로 가르치라는 거야."

주아가 목소리를 누그러뜨리고 말하자, 청류도 수긍하듯 말없이 고개만 겨우 끄덕였다.

"그리고 하나 더. 지유는 신장으로 보나 체격으로 보나 장검보다 단검이 제격이란 거지. 자기도 그만하고 얼른 나와."

"네……."

"자, 선물."

주아는 쭈뼛거리며 한 걸음 앞으로 나온 지유에게 뜬금없이 쇼핑백 하나를 건넸다.

"뭐예요, 이게?"

"자기가 직접 봐."

지유는 시키는 대로 쇼핑백에서 상자를 꺼내 조심스레 열어 보았다. 상자 속 물건을 바라보는 지유의 입술이 서서히 벌어졌다. 두 눈엔 맑은 광채가 어려 있었다.

"정말 이걸 저한테 주시는 거예요?"

"그게 뭔지나 알고?"

"당연하죠. 대박!"

상자에 들어 있는 건 '소드 브레이커'였다. 적의 칼날을 부러뜨릴 수 있는 빗 모양의 단검인데, 크기는 작아도 적의 공격을 저지하고 빠르게 반격할 수 있을 만큼 강력한 무기였다. 게다가 이건 엄지를 끼워 고정할 수 있는 고리까지 달려 있었다.

"마음에 들어?"

주아가 싱긋 웃었다.

"완전이요! 주아 님, 최고예요! 디자인도 엄청 세련됐어요. 역시 주아 님 안목은 못 당한다니까요? 감사해요!"

지유는 감격에 겨운 나머지 주아의 목을 끌어안고 망아지처럼 경중경중 뛰어 댔다.

이를 본 청류는 '주아, 네놈의 진짜 속셈이 이거였냐'며

한바탕 대거리를 할 듯이 눈을 뒤집어 깠다.

"그만들 하고, 기분 전환도 할 겸 외식이나 하러 가자."

이번에도 백연이 나설 차례였다.

"쳇, 너희끼리 실컷 가!"

분이 풀리지 않은 청류는 홱 돌아섰다. 거기까지 계산한 백연은 청류가 혹할 만한 떡밥을 투척했다.

"사거리에 무한 리필 해산물 뷔페가 새로 생겼대. 풍문으로 듣자니 신선도가 남다르다던데. 개업 기념으로 경품도 준다지, 아마?"

"그, 그것참 좋은 소식……은 무슨! 안 간다고 했잖아."

슬슬 입질이 왔다. 백연은 현담에게 신호를 보냈다.

"1등 고급 승용차, 2등 로봇 청소기, 3등 최신형 스마트폰, 4등 1년 무료 이용권 등등 푸짐한 상품을 준비해 놓았다고 전단에 적혀 있었습니다, 대장."

역시나 현담은 눈치도 빠르고, 암기력 또한 탁월했다.

"어머, 고급 승용차를 준대?"

"1년 무료 이용권?"

"최신형 스마트폰이요?"

주아와 청류 그리고 지유가 거의 비슷한 순서로 입을

열었다. 원하는 바는 서로 달라도 제법 구미가 당긴다는
표정이었다.

∗

경품을 준다는 소식에 동네 사람들이 죄다 몰려나왔는
지 식당은 발 디딜 틈 없이 북적거렸다. 대기석도 꽉 찬 상
태라 어쩔 수 없이 발길을 돌리려는데, 갑자기 식당 안이
소란스러워졌다.

음식에서 지독한 냄새가 난다느니 썩었다느니 하면서
사방에서 아우성을 질러 대고, 일부는 배를 부여잡으며
픽픽 쓰러지기까지 했다.

"윽! 이게 무슨 냄새예요, 진짜?"

지유 또한 역겨워하며 미간을 찌푸렸다. 바닥에는 어
느새 검은 안개가 자욱하게 깔려 있었다. 나머지 손님들
도 연달아 혼미 상태에 빠져들었다.

동태를 살피던 백연이 침착하게 답했다.

"흑무입니다."

지유는 엄지와 검지로 코를 집은 채 되물었다.

"흑무가 뭔데요?"

"안개 괴물입니다. 녀석이 내뿜는 악취에 독기가 있어서 사람들이 쓰러진 것이지요. 장시간 노출된다면 목숨까지 잃을 수 있고요."

백연은 더 큰 피해를 막기 위해 주술로 거대한 비눗방울을 만들어 우선 쓰러진 손님들을 보호했다. 외식하러 왔다가 이게 웬 날벼락인지, 단 하루도 조용히 지나는 날이 없었다.

"지유 양은 뒷문으로 나가십시오. 여긴 봉쇄할 겁니다."

"늦은 거…… 같은데요, 사장님."

몽글몽글하게 뭉쳐진 안개 괴물이 횃불처럼 이글거리는 두 눈으로 이쪽을 쳐다보고 있었다. 괴물이 가까이 다가올수록 고약한 악취가 풍겨 왔다.

"그럼 숨 참고 계세요. 제가 금방 처리하겠습니다."

백연이 말하고 돌아서려는데, 지유가 백연의 소매를 확 잡아끌었다.

"이럴 시간 없습니다, 사람들이 위험……."

"저도 돕게 해 주세요."

허를 찌르는 발언에 백연의 사고가 잠깐 멈췄다.

"웬만하면 시켜 줘라, 내가 책임질 테니까!"

그 사이를 비집고 들어온 청류가 큰 소리로 부추겼다.

"좋은 생각인데? 이참에 우리 지유 실력 좀 보자고."

"흑무는 도력 없이도 퇴치가 가능하니 한번 맡겨 보시는 것도 좋을 듯합니다, 대장."

주아와 현담까지 거들고 나섰지만 백연은 절대로 허락할 수 없었다. 무공이 아무리 뛰어난들 한낱 인간에 불과한 지유가 흑무의 독기를 버텨 낼 리 만무했다.

"알바생! 잘할 수 있지? 자, 자. 파이팅!"

그런데도 청류는 지유를 사지로 내몰고 있었다.

참다못한 백연이 격앙된 어조로 소리쳤다.

"도대체 생각이 있는 거야, 없는 거야!"

그러고는 지유의 몸 상태부터 체크했다. 바라보는 눈빛이 여간 불안한 게 아니었다.

"괜찮습니까, 지유 양? 숨 쉬는 건 어떠십니까?"

"숨 쉬는 건 문제없어요. 코가 막혀 버린 것만 빼면요."

코맹맹이가 된 지유는 어깨를 으쓱일 뿐이었다.

"괜찮다잖아. 그런 걸 과잉보호라고 하는 거야, 인마!"

이때다 싶었던 청류가 핀잔을 놓았다. 이후로도 '너만

생각 있고 우리는 없는 줄 아냐, 이게 다 지유를 위해서다, 제 몸 하나쯤은 지킬 수 있도록 강하게 길러야 한다' 등등의 잔소리를 줄줄이 퍼부었다.

"만약을 대비해 이것을 드리겠습니다."

진저리가 난 백연은 마지못해 허공에 손을 가져다 댔다. 눈 한 번 감았다 뜨는 찰나, 그의 손에 장검이 들려 있었다. 훈련장에서 사용했던 바로 그 검이었다.

"제가 있으니, 걱정 말고 연습 때처럼만 하시면 됩니다."

백연이 무기를 건네며 당부하자, 지유는 눈을 크게 뜨고 한 발을 떼어 냈다.

"어떻게든 해 볼게요."

안개 괴물의 몸집은 좀 전과는 비교도 되지 않을 만큼 불어나 있었다. 높이와 너비가 어림잡아 3미터는 되어 보였다. 부리부리한 두 눈도 사납게 타올랐다.

'네놈이 그래 봤자 안개지!'

지유는 천천히 호흡하며 검을 틀어쥐었다. 조금도 흐트러지지 않은 자세로 검은 안개의 일거일동을 주시했다. 위기를 느낀 안개 괴물은 독기를 뿜어내며 빠르게 이동했다.

'오른쪽이다!'

움직임을 간파한 지유는 숨을 멈추고 단칼에 검은 안개의 허리를 완벽한 일자로 갈라 버렸다. 잠시간 적막이 흐르는가 싶더니, 등 뒤에서 난데없이 박수갈채가 터져 나왔다.

"나이스! 잘했다, 알바생! 하하하!"

손뼉을 치는 청류의 얼굴에 전에 없던 화색이 돌았다.

"뭐예요? 이게 끝이에요?"

검은 안개는 이미 흔적도 없이 사라진 후였다. 진짜 이렇게 끝났다니 왠지 믿기지 않았다.

"원래 흑무는 그냥 내려치기만 해도 게임 오버거든."

"어쩐지…… 저한테 시키신다 했어요."

어깨를 축 늘어뜨린 지유의 얼굴이 검은 안개보다 몇 배는 더 어두워 보였다.

"진정한 무도인은 적을 가리지 않는 법."

"흑무의 독기를 견디신 것만으로도 큰일 하신 겁니다."

청류와 백연은 격려를 아끼지 않았지만 지유 귀에는 아무 말도 들리지 않았다. 온갖 폼은 다 잡고, 쓸데없이 비장한 표정도 짓고 그랬는데……. 귓불이 뜨끈뜨끈했다.
어찌나 창피한지 당장이라도 테이블 밑으로 기어들어 가
고 싶은 심정이었다.

✶

고서점으로 돌아가는 길이었다. 늦은 점심을 먹고 쇼
핑까지 하고 나니 어느덧 해가 뉘엿뉘엿 기울고 있었다.

"이런 거, 사 주지 않으셔도 되는데."

말은 그렇게 했어도 종이 백을 앞뒤로 흔들며 걷는 지
유는 상당히 만족해하는 듯 보였다.

"단합 대회 가는 길에 일어난 사고이니 업무재해라 볼
수 있지 않겠습니까. 당연히 사장인 제가 책임지는 것이
맞죠. 더 일찍 사 드렸어야 하는데, 죄송합니다."

사실 이것도 주아의 아이디어였다. 일전에 지유가 최
신형 스마트폰을 갖고 싶어 했다면서 넌지시 알려 주었던
것이다.

"핸드폰 잃어버려서 속상했는데. 잘 쓸게요, 사장님."

하루에 선물을 두 개씩이나 받은 지유는 흑무 따위는

까맣게 잊어버릴 만큼 즐겁기만 했다.

"업무재해 얘기가 나와서 말인데, 견자님은 어쩌다가 우리 고서점에서 일할 생각을 한 거야?"

조금 앞에서 걷던 청류가 슬쩍 뒤돌아봤다.

"뭐, 그냥…… 좋아하는 책 맘껏 볼 수 있고, 장사도 더럽게 안되니까 엄청 한가하겠다 싶어서요."

"그게 다야?"

"결정적인 부분이 있기는 하죠."

"뭔데?"

"집에서 고서점까지 걸어서 오 분 걸리거든요."

"사명감이나 특별한 느낌이 왔다거나 그런 건?"

지유는 거침없이 대꾸했다.

"없었는데요."

"뭐야, 싱겁게. 운명의 아이는 뭐 좀 다른가 했더니만."

기대한 대답이 나오지 않아 실망한 청류는 콧방울을 옴씰거리며 콧김을 뿜어냈다.

"화월 고서점이 요괴가 득실거리는 곳인 데다, 알바생이 원혼의 한까지 풀어 줘야 하는 줄은 정말로 몰랐단 말이에요. 그걸 알았으면 제가 왜 면접을 봤겠어요?"

다시 생각해도 어이없던 지유는 앞머리를 되는대로 쓸어 넘기며 얕은 한숨을 내쉬었다.

"아, 그러고 보니 견자님이 면접 보러 왔던 날 신계가 울었던 것도 같은데……."

그때, 뒤에서 따라오던 현담이 뜻밖의 이야기를 꺼냈다.

"그 중요한 걸 왜 지금 말해?"

주아가 도끼눈을 부릅떴다. 간담이 서늘해진 현담은 찍소리도 못 하고 곤혹스러워할 따름이었다.

"현담, 괜찮으니까 자세히 들려줘."

백연도 금시초문이긴 마찬가지였으나, 꼭 듣고 싶은 이야기인지라 다그치지 않았다.

"그러니까 그게 어떻게 된 거냐면 말이죠……."

그제야 마음이 놓인 현담은 지난겨울의 한 장면을 회상했다. 하마터면 기억 속에 영원히 묻힐 뻔했던 그 날을.

*

"야! 거기 안 서! 너, 잡히면 죽는다? 거기 서라고!"

주아가 숨이 넘어갈 듯 뛰며 정원을 가로질렀다.

"젠장! 너 같으면 서겠냐!"

청류도 기를 쓰고 도망쳤다.

주아는 신관이 떠나가라 고래고래 소리를 질렀다.

"오늘 내가 기필코 네놈 잠버릇을 고쳐 주고 만다!"

그 무렵, 현담은 독서삼매경에 빠져 있었다. 청류와 주아가 싸우는 소리는 일상이 된 지 오래라, 현담에게는 백색소음에 지나지 않았다.

'올겨울엔 눈이 꽤 많이 오네.'

폭폭 내린 함박눈으로 대청마루에서 바라보는 풍경이 온통 새하얗게 바뀌어 있었다. 어느새 술래잡기에서 눈싸움으로 종목을 바꾼 주아와 청류는 참 열심히도 서로에게 눈 뭉치를 던져 댔다.

독서도 싸움 구경도 슬슬 지겨워진 현담이 몸을 일으키던 그때, 그리 멀지 않은 곳에서 '꼬끼오' 하고 닭이 울었다. 놀란 현담이 빠르게 주위를 둘러봤다. 눈이 쌓인 노송 꼭대기에 눈보다 하얗고, 빛나는 깃털을 지닌 신령한 닭이 앉아 있었다.

'무슨 일이지?'

신계는 중요한 일이 생길 때 나타나 울음소리로 계시

하는 닭이다. 현재 시점에서 중요한 일이라면……. 고민해 보았지만 막상 떠오르는 게 없었다. 의구심에 사로잡힌 현담의 머리가 한쪽으로 쏠렸다.

"얘들아, 방금 신계가 울었는데 말이야."

혼자만 알고 있을 일이 아닌 것 같아 공유하려 했는데, 눈싸움에 정신이 팔린 주아와 청류는 도무지 돌아볼 생각을 하지 않았다.

*

"그렇게 된 거예요, 대장."

이야기를 마친 현담은 힐끔 곁눈질했다.

"뭐! 왜! 어쩌라고!"

청류가 버럭 성질을 냈다. 방귀 뀐 놈이 성낸다고, 지금이 딱 그 경우였다. 현담은 차라리 말을 말자고 생각하면서 입을 꾹 닫아 버렸다.

"그 표정은 또 뭐야? 지금 나 무시하는 거 맞지!"

백연이 청류 앞을 막아서며 말했다.

"늦게라도 알려 줘서 고맙다, 현담."

대화를 나누는 일행 앞으로 소방차가 왱왱 경적을 울리며 빠르게 골목을 지나갔다. 몇 대 정도가 더 그 뒤를 따랐다. 구급차와 경찰차까지 출동하는 것으로 보아 어디서 큰 화재가 일어난 모양이었다.

"어? 저기는 고서점 쪽인데?"

지유가 걱정스러운 듯 소방차가 지나간 길을 바라보았다. 저도 모르게 심장이 두방망이질 쳤다.

"우리 고서점이야 해치가 지키고 있으니 걱정 없다만, 불구경은 놓칠 수 없지! 가 보자, 얘들아!"

앞장선 청류를 따라 다 같이 우르르 뛰어가 보았다.

골목 끝에 다다르자 무려 여섯 대의 소방차와 구급차, 경찰차를 비롯해 구경 나온 동네 사람들까지 길을 꽉 막고 있었다.

"아무리 싸움 구경, 불구경이 재미난다지만 너무들 하네. 만석이야, 만석. 에잇, 하나도 안 보이잖아?"

청류가 까치발을 들어 올리며 불만을 토로하는데, 뒤쪽에서 웅성거리는 소리가 들려왔다.

"불길이 점점 더 커지니 이를 어쩌면 좋아? 큰일이네!"

"안에 있는 것들이 싹 다 책이니까 그렇지."

"아이고…… 갇힌 사람은 없어야 할 텐데."

뽀글뽀글 파마한 아주머니 셋이 하는 이야기를 듣자마자, 백연 일행은 사람들 사이를 헤치고 급히 나아갔다. 진주홍 화염으로 활활 타오르는 건물은 바로 화월 고서점이었다.

청류가 얼빠진 표정으로 물었다.

"우리 지금…… 뭘 보고 있는 거냐?"

주아도 잠꼬대하듯 중얼거렸다.

"글쎄. 꿈이겠지? 불나는 꿈이니까, 복권이나 사야겠다."

"아아, 어떡해요? 우리 고서점이……."

지유만이 방방 뛰며 어찌할 바를 몰라 했다. 빨리 불이 꺼지기를 바라면서 맞잡은 두 손이 벌벌 떨려왔다. 하지만 간절한 기도는 통하지 않았다.

소방관들이 2층에 집중적으로 물을 뿌리는 사이, 불길이 넘실거리며 나무 기둥으로 옮겨붙고 만 것이다. 불은 순식간에 아래층으로 번졌다. 지붕 위로 치솟은 연기가 그 일대를 시커멓게 뒤덮었다.

"대장, 해치가 안 보이는데요."

"그러잖아도 이상하게 여기던 참이었어. 화재가 2층에서 시작됐다는 것도 그렇고."

"방화범의 소행일까요?"

"그럴 개연성은 충분하지."

"그렇다면 여기 있는 이들 중에 섞여 있겠네요."

"아마도."

밀담을 마친 백연과 현담은 각자 면밀하게 주변을 살펴봤다. 방화범이라면 화재 현장에 아직 남았을 터였다. 그리고 그 범인은 평범한 인간일 리가 없었다. 불을 지르려는 의도를 품고 고서점에 들어섰다면, 해치가 가만두지 않았을 테니까. 그렇다는 건······.

"안에 있는 책들 어떡해요?"

백연의 고민이 깊어질 즈음, 지유의 목소리가 들려왔다.

"그깟 책 나부랭이가 문제야? 고서점이 홀랑 다 타 버려서 재만 남게 생겼는데! 암만 철이 없어도 그렇지!"

청류는 대놓고 면박을 주었으나, 지유는 도리어 답답하다는 듯 목소리를 드높였다.

"원혼 책이요! 책이 타 버리면 큰일이잖아요! 책을 없애면 엄청난 세력의 악귀가 되어 세상을 혼란에 빠뜨린다면서요!"

지유의 말에 사방신의 얼굴이 허옇게 질려 버렸다. 거기까지는 생각지도 못했다는 반응이었다. 이런 상황은 처음이라 여러모로 경황이 없었다. 모두가 절망에 빠진 그때, 귀곡성 같은 바람 소리가 허공을 가로질렀다.

"저기 보십시오, 대장!"

현담이 손가락으로 지붕 쪽을 가리켰다. 화마가 집어삼킨 그곳에서 탈출한 원혼들이 처절한 비명을 내지르며 사방천지로 흩어지고 있었다.

"사장님…… 우리 망한 거 맞죠?"

지유의 눈동자가 초점을 잃고 풀어졌다. 등에서는 식은땀이 났다. 그야말로 최악의 사태였다. 그러나 돌아온 것은 의외의 답이었다.

"아직은 아닙니다."

눈 하나 깜짝하지 않고 느릿하게 입을 떼는 백연의 만면은 결기로 가득해 보였다. 그러는 동안에도 원혼들은 뿔뿔이 흩어져 멀리멀리 달아나고 있었다. 그 광경이 너무도 아찔해서 지유는 당혹스러운 속내를 감추지 못했다.

"어쩌려고 그러세요, 사장님!"

"잡으러 가야죠."

묵직한 음성이었다. 삼인방도 이내 장엄한 표정으로 몸을 풀기 시작했다.

"오늘은 잠자기 글러 먹었네."

주아가 청류를 힐끗 쳐다봤다.

"너나 졸지 말고 정신 똑바로 차려."

청류는 찔리는 게 있는지, 괜히 윽박질렀다.

"긴 밤이 될 것 같네요, 대장."

"그럼, 슬슬 출발해 볼까?"

현담과 백연의 얼굴에도 긴장된 듯하면서도 묘하게 고무된 미소가 떠올랐다.

"저도 같이 갈래요!"

때를 놓칠세라 지유는 백연의 손을 덥석 잡았다. 순간, 백연의 심장이 두근두근 고동쳤다.

'이토록 맹랑한 소녀라니. 어디서 저런 용기가 나오는 걸까?'

지유와 눈이 마주친 백연의 시름이 깊어질 대로 깊어졌다. 한참을 바라보던 백연은 결국 피식 웃고 말았다.

"제가 졌습니다. 그 고집을 누가 감히 꺾겠습니까."

"사라진 원혼들을 찾는 것도 견자의 운명이니까요."

"이제야 견자다운 말씀을 하시는군요."

백연의 눈동자에 비친 지유는 어느새 훌쩍 성장한 모습이었다. 백연은 그런 지유가 기특하기만 했다.

"빨리 가요, 사장님."

"제 손을 꼭 잡으십시오. 절대로 놓아서는 안 됩니다."

"알았으니까 얼른 원혼들이나 잡으러 가자고요."

그렇게 지유와 사방신은 인파 속에서 스르르 모습을 감추었다. 검게 그을린 화월 고서점의 하늘 위로 은빛 저녁달이 떠올랐다.

새로운 여정이 다시 또 시작되고 있었다.

에필로그

휘몰아치는 칼바람에 뼛속까지 얼어붙는 기분이었다. 지유는 잔뜩 목을 움츠리고 걸음을 재촉했다. 집에서 고서점까지는 걸어서 오 분이면 닿는 지척이지만, 첫날부터 지각하기는 싫었다. 그렇다고는 해도…….

'너무 일찍 왔나?'

핸드폰 시계를 확인해 보니 출근 시간까지는 아직 삼십 분이나 남아 있었다. 지유는 잠시 고민하다가 코트 호주머니에서 카드키를 꺼냈다.

이대로 더 있다가는 귀가 떨어져 나갈 것만 같았다. 올겨울 들어 가장 추운 날씨였다.

띠리릭.

안으로 들어온 지유는 이제야 살겠다는 듯 안도의 숨을 내쉬었다. 벽 스위치 여섯 개를 차례대로 누르자, 어둠 속에 잠겨 있던 고서점 내부가 단계적으로 밝아졌다.

희면서도 누르스름한 조명의 색감이 빛나는 달, 화월이라는 상호와 퍽 어울렸다.

진짜로 여기서 일하게 될 줄이야. 지유는 크게 숨을 들이켰다. 오래된 책 냄새가 콧속으로 빨려 들어왔다. 몇 번을 반복했더니 추위와 긴장감으로 굳었던 어깨가 스르륵 풀어졌다.

"일단, 청소부터 해 볼까?"

지유는 빨간 코트를 벗어 계산대 의자에 걸쳐 놓고, 스웨터 소매를 한쪽씩 힘차게 걷어붙였다.

그 순간, 팔꿈치에서 둔탁한 감각이 느껴졌다. 무심하게 고개를 돌려 봤더니, 균형을 잃은 검은색 꽃병 하나가 금방이라도 쓰러질 듯 아슬아슬한 각도로 기울고 있었다.

"어어어!"

간발의 차로 붙잡기는 했지만, 지유의 심장은 여전히

벌떡벌떡 뛰어 댔다.

"하아, 첫날부터 사고 칠 뻔했네……. 그런데 가만, 이런 게 여기 있었나?"

뭔가가 좀 이상했다. 위화감이랄까. 지유는 의심스러운 눈초리로 주위를 쓱 둘러보았다. 그러고는 다시 꽃병으로 시선을 옮겼다.

이건 어쩌면 꽃병이 아닐지도 몰랐다. 항아리보다는 호리병에 가깝고 호리병이라기에는 투박한, 굳이 말하자면 머리는 작고 하체만 뚱뚱한 눈사람 모양의 시커먼 도자기였다. 도예에는 문외한이었으나 시중에서 판매하는 제품이 아니라는 것쯤은 알 수 있었다. 생김새도 그저 그렇고 쓰임새도 어중간한 도자기를 누가 살까 싶었다.

"사장님이 직접 만든 건가……."

고개가 갸우듬해지던 그때, 꽃병이 움찔하고 움직였다. 머리털 나고 처음 보는 해괴한 광경에 넋을 잃고 쳐다보자 꽃병은 마치 지유의 시선이 불편하다는 듯 한동안 꼼짝없이 그 상태를 유지했다.

'뭐였지, 방금? 꿈을 꾸는 건가. 꽃병이 싱싱한 산낙지도 아니고 저 혼자 움직일 리가…….'

긴장돼서 잠을 설쳤더니 헛것을 본 게 틀림없었다. 그러나 말하는 지금 이 순간에도 시커먼 도자기는 슬금슬금 자리를 옮기고 있었다.

지유는 두 눈으로 똑똑히 보고 있는데도 도저히 믿기 어려운 상황을 어떻게 받아들여야 할지 고민했다. 한참을 망설이던 지유는 양손으로 꽃병을 움켜잡고 가슴께로 번쩍 들어 올렸다.

그러고는 결심을 굳힌 듯 눈을 부릅떴다. 세상의 모든 현상에는 그 나름의 이유가 존재하는 법. 이 시커먼 꽃병이 움직이는 이유를 어떻게든 밝혀내겠다고 다짐하는 그 순간, 작은 웃음소리가 들렸다.

"킥킥킥."

장난기 섞인 어린아이 목소리. 그 소리는 코밑에서 나는 것처럼 또렷하기만 해서 섬뜩하기 그지없었다.

꿀꺽. 마른침이 절로 넘어갔다. 지유는 속으로 셋까지 센 다음 바닥으로 시선을 떨어뜨렸다.

"어휴, 다행이다! 뭐라도 있으면 어쩌나 했는데!"

덤덤한 척했지만, 드러난 살갗마다 오스스 소름이 돋은 상태였다. 아무래도 꽃병의 미스터리는 이대로 묻어

두는 게 좋을 것 같았다. 풀리지 않아야 '미스터리'지.

영화만 보더라도 쓸데없이 나대는 사람이 제일 먼저 죽지 않던가. 그래, 할머니 말대로 기가 허해서 그런 거다.

보약 지어 준다고 했을 때 사양 말고 먹어 둘걸. 지유는 계산대 뒤쪽 선반에 꽃병을 올려 두고는 한숨을 푹 내쉬었다.

✳

청소를 끝내고 나니 어느덧 개점 시간이었다. 이제 뭐 하지?

'예전보다 손님이 많이 줄어서 특별히 바쁜 일은 없습니다만, 문을 열고 닫는 시간만큼은 반드시 지켜 주셔야 합니다. 그럼 믿고 맡기겠습니다.'

고서점 사장의 말을 떠올린 지유는 어깨를 으쓱하며, 고서점을 느긋하게 구경했다. 사방 어디를 둘러봐도 책장마다 고서가 정갈하게 꽂힌 아름다운 풍경이 펼쳐졌다. 적어도 지유의 눈에는 그렇게 보였다. 고서라는 게 모르는 이에게는 종이 뭉치에 불과하지만, 알아보는 이에게는 보물이기 때문이다.

1887년에 출간된 셜록 홈스의 『주홍색 연구』 오리지널 초판본은 2007년 열린 소더비 경매에서 15만 6천 달러에 낙찰된 바 있다.

얼마인지 감이 바로 잡히지 않겠지만, 한화로는 거의 2억 원에 가까운 액수다. 그러나 지금은 아무리 돈이 있어도 구할 수 없는 전설의 책이 되고 말았다.

'저한테도 있는데, 보여 드릴까요?'

화월 고서점에 그 초판본이 있다는 사실보다 더 충격적이었던 건, 바로 사장의 화법이었다. 하도 대수롭지 않게 이야기하길래, 처음에는 그저 허세인 줄로만 알았다. 지하 수장고에 보관된 실물을 목격하기 전까지는.

"저한테도 있는데, 보여 드릴까요?"

사장의 말투를 비슷하게 따라 해 본 지유는 픽 실소했다. 바로 그때, 뒤쪽에서 다시금 아이의 웃음소리가 들려왔다.

"킥킥킥."

순간, 뒷머리가 쭈뼛 섰다. 얼음물이 등골을 타고 내려가듯 오싹한 기분이 들었다. 꽃병도 그렇고, 웃음소리도 마찬가지였다.

계속해서 일어나는 일련의 기이한 사건이 결코 우연일 리 없었다. 하지만 이젠 궁금하지도 않았다.

너무 무서워서 차마 뒤돌아볼 수도 없고, 보기도 싫었다.

'나한테 왜 그러는 거야, 진짜……'

이마에서는 진땀이 흘렀다. 숨통을 옥죄는 공포로 온몸이 파들파들 떨렸다.

"아아! 안 들린다! 안 들린다!"

도저히 안 되겠다 싶었던 나머지, 손바닥으로 양쪽 귀를 틀어막고 정신없이 도리질 쳤다.

사실 지유는 귀신 뭐, 그런 쪽에 유독 약했다. 어쩐지 손님이 없다 했더니, 터가 안 좋은 거였구나. 📖

작가의 말

❀

빛나는 달이라는 뜻의 '화월(華月)'. 서울의 어느 동네, 후미진 골목에 자리 잡은 화월 고서점은 밤 열시부터 다음 날 아침 여섯시까지만 문을 열지요. 이곳을 찾는 손님은 오로지 요괴뿐입니다. 이런 사실을 까맣게 모른 채 아르바이트를 시작하게 된 지유는 할머니가 직접 만들어 주신 빨간 매듭 팔찌를 잃어버리게 되면서부터 이상한 일을 경험하게 되는데요.

자신에게 특별한 능력이 있다는 사실을 깨닫게 된 지

유는 책에 봉인된 원혼들의 한을 풀어 주어 저승으로 온전히 보내주는 견자로서의 운명을 결국 받아들이고, 사방신과 함께 여러 사건을 해결하며 조금씩 성장해 나갑니다.

『화월 고서점 요괴 수사록』은 동양 판타지 장르이면서 청소년 소설로 완성되었지만, 실은 추리소설로 써 보고 싶은 이야기였어요. 언제인지 잘 기억나진 않지만, '사람의 뇌엔 사망 직전에 보았던 칠 초의 장면이 저장된다'라는 내용의 다큐멘터리를 본 적이 있습니다. 그 순간 '억울하게 죽임을 당한 피해자는 범인의 얼굴을 또렷이 기억하고 있겠구나!'라는 생각이 들더군요.

이것이 망자의 마지막 기억을 들여다 볼 수 있는 유일무이한 존재인 견자를 탄생시킨 배경입니다. 피해자가 목격한 칠 초의 장면을 단서 삼아 범인을 밝혀내는 과정을 그려 내고 싶었던 것이죠. 하지만 요괴와 사방신, 원혼에다 추리까지 다 담아내기엔 어려움이 있었던 탓에 범죄 수사와 관련된 에피소드는 외전으로 분리하게 되었어요.

책에는 지면상 외전을 싣지 못했으나 '카카오페이지'에서 보실 수 있으니 웹소설 버전도 많이 사랑해 주세요! 종이책과는 또 다른 재미를 느낄 수 있을 것입니다.

그동안 이 책이 나오기를 오랫동안 기다려 주신 독자님들께도 진심으로 감사드립니다. 저는 더욱 재미있는 이야기로 다시 찾아뵙겠습니다.

제리안 드림

화월 고서점 요괴 수사록

© 제리안, 2022

초판 1쇄 인쇄일 2022년 11월 9일
초판 1쇄 발행일 2022년 11월 23일

지은이   제리안
펴낸이   강병철
편집   최웅기 박혜진 정사라
디자인   연태경
마케팅   최금순 오세미 공태희
제작   홍동근

펴낸곳   이지북
출판등록   1997년 11월 15일 제105-09-06199호
주소   (04047) 서울시 마포구 양화로6길 49
전화   편집부 (02)324-2347, 경영지원부 (02)325-6047
팩스   편집부 (02)324-2348, 경영지원부 (02)2648-1311
이메일   ezbook@jamobook.com

ISBN 978-89-5707-277-6 (43810)

이 책은 모바일 콘텐츠 플랫폼 카카오페이지가 주최한 신인작가 발굴 프로젝트 넥스트 페이지 7기 선정작을 종이책으로 편집해 출간한 것입니다. 이 책의 연재 버전은 카카오페이지 앱에서 감상하실 수 있습니다.